KB202115

코스트 베니핏

코스트
베니짓

조영주

김의경

이 진

주원규

정명섭

해냄

COST BENEFIT

● 차례 ●

절친대행

당신의 친구가 되어드립니다

조

영

주

"빈 잔 치워드릴까요?"

재연은 테이블에 엎드려 핸드폰을 들여다보고 있다가 자신을 부르는 소리에 고개를 들었다. 바리스타가 약간 굳은 표정으로 재연을 바라보고 있었다.

바리스타가 다시 한번 말했다.

"빈 잔, 치워드려요?"

재연은 주변을 두리번거렸다. 그새 카페는 만석이었다. 주말 오후, 노천카페의 4인 테이블을 혼자 차지한 사람은 재연밖에 없었다. 그래도 이대로 자리에서 일어날 수는 없었다.

"아직 다 안 마셨어요."

바리스타는 재연의 말에 일단 물러났지만 탐탁지 않은 표정은 지우지 않았다. 마음 같아선 재연도 노천카페를 나서고 싶었다. 하지만 재연은 갈 곳도, 만날 사람도 없었다.

예전에는 재연도 늘 누군가와 함께였다. 미리 약속을 하지 않아도 전화나 문자 한 통이면 바로 나오는 친구가 한둘이 아니었다. 학창 시절엔 달랐다. 늘 곁에 친구가 있었다. 대학에 다닐 때에는 동아리 활동도 열심히 했다. 하지만 삼십 대가 된 재연에겐 편하게 만날 상대가 없었다. 친구, 동료, 많은 사람이 재연의 주변에 있었지만 언제든지 불러낼 수 있는 친구, 이른바 '절친'은 없었다. 그래서 재연은 한 달째 주말마다 집 앞 노천카페에서 혼자 시간을 보낼 수밖에 없었다.

재연은 몸을 수그렸다. 얼굴을 옆으로 눕혀 테이블에 바싹 붙였다. 혹시나 하는 생각으로 반년 전 만난 고등학교 동창에게 전화를 걸어보려는 순간, 큰 소리가 났다.

"일수요!"

무뚝뚝하게 생긴 중년 남자가 테이블에 몇 장의 명함을 툭 던지고 갔다. 재연은 짜증을 내며 손톱으로 튕겨 바닥에 떨어뜨렸다.

⋯⋯절친⋯⋯

그런데 바닥에 흩어진 명함들 사이, 낯익은 단어가 보였다. 재연은 흥미가 생겨 명함을 손에 들었다.

당일 절친대행

3일 DC

수수료

절친대행

저렴한 요금으로 성심성의껏 모십니다!

삼백만절친 → 시간당 14,000원!

오백만절친 → 시간당 20,000원!

천만절친 → 시간당 50,000원!

비밀절친 → 상담요망!

요즘같이 친구 사귀기 어려운 때 전화 한 통으로 지인한테 아쉬운 소리 하시겠습니까? 저렴한 이자로 편안하게 150일 절친을 만드세요!

절친대행 정식등록업체

절친대표 최절친 070-****-****

트위터 @friends_choi

!! 위 업체 이용 시 절친대행 요금은 공공기관 절친대행 요금보다 저렴할 수 있습니다 !!

절친대행이라니 말도 안 된다고 생각하면서도 재연은 명함을

들여다봤다. 절친대행의 요금은 네일아트보다 저렴했다.

지난주 토요일, 재연은 외로움을 참다못해 네일숍에 갔다. 시간당 4만 원 코스를 골랐다. 네일 아티스트를 친구라고 생각하고 이 이야기 저 이야기 되는대로 하면서 가장 오래 걸리는 코스를 골라 큐빅을 듬뿍 붙여 치장했지만 세 시간도 버티지 못했다.

마침 약속도 없으니 전화를 해볼까 망설일 때, 핸드폰이 울렸다. 등록되지 않은 번호였지만 일단 받았다.

"재연, 나 명혜!"

바로 떠오르지 않는 이름이었다. 누군가 싶어 기억을 되살리는 사이, 명혜라고 자신을 밝힌 여성은 1년 전 잠깐 몸담았던 독서 모임의 이야기를 꺼냈다. 그러고 보니 그런 일도 있었다. 매주 토요일마다 시간을 때우려고 다니던 독서 모임에서 만난 동갑내기 여성의 이름이 명혜였다.

"오늘 뭐 함? 나 영화 시사회 당첨됐는데 30분 후. 혹시 괜찮음?"

"괜찮아! 갈게!"

재연은 신이 나서 전화를 끊은 후 방금 전 주운 명함을 다시 한번 들여다보았다. 버릴까 망설이다 명함을 챙겼다. 오랜만에 만나는 사이니까 수닷거리가 떨어졌을 때 도움이 될지도 몰랐다.

재연이 명혜와 주말마다 만난 지 석 달이 지났다. 슬슬 재연은 명혜에게 질리고 있었다. 명혜는 이른바 연예인 덕후였다. 만날 때마다 어찌 되어도 상관없을 자기 자랑과 자신이 덕질하는 상대인 '최애'의 이야기를 끝도 없이 해댔다.

그런 명혜의 혼잣말이 일주일 전 갑자기 멈췄다. 며칠은 편했지만 금요일이 되자 초조해졌다. 명혜의 연락이 없으면 주말에 혼자 있어야 한다. 그건 참을 수 없었다. 재연은 퇴근하며 먼저 메시지를 보냈다. 평소 같으면 5분 안에 명혜에게 답장이 왔을 텐데 연락이 없었다. 자정까지 기다려도 답장이 없자 명혜에게 전화를 걸었다. 통화 연결음에 슬슬 짜증이 날 무렵, 마침내 명혜가 전화를 받았다.

"나야."

"누구세요?"

'내 목소리를 단번에 못 알아채다니.'

재연은 약간 빈정이 상했지만 꾹 참고 말했다.

"나, 재연이."

"아아, 재연이! 재연이! 알지, 재연이!"

"어디니?"

"술집!"

"누구랑?"

갑자기 명혜는 답이 없었다.

"남자?"

"아니, 절친이랑 있는데."

'웃기시네. 네가 나 말고 다른 친구가 있다고?'

재연은 불쾌한 기분이 들었지만 참고 물었다.

"내일 뭐 해?"

"약속 있어."

"누구?"

"절친."

"지금 만난다는?"

"그렇지?"

"아, 그래! 방해해서 미안하네, 그럼 절친이랑 술 잘 마시렴!"

재연은 명혜의 대답도 듣지 않고 통화를 종료했다. 그동안 명혜가 했던 수많은 말들이 머릿속을 떠다녔다. 나 직장에서 왕따야. 맨날 점심도 혼자 먹어. 재연이 너 아니면 주말에 집구석에 처박혀서 최애 예습 복습했을 거야. 절친은 너밖에 없어. 재연은 당장 전화를 걸어 '너랑 절교야!' 같은 유치한 말을 뱉고 싶었지만 실천할 용기가 없었다. 그런 말로 정말 연락이 끊겼다가는 만날 사람이 없었다.

다음 날, 재연은 먼저 다시 문자를 보냈다.

— 명혜야. 우리 얼굴 본 지 꽤 오래됐네. 요즘 잘 지내? 날씨가 꽤 쌀쌀하네. 전화해. 꼭 해달라는 건 아니야. 하지만 어제 내가 화를 내면서 전화를 끊었잖아. 그래서 좀 신경이 쓰여서…….

재연은 명혜가 최애 이야기를 할 때처럼 어마어마하게 긴 문장들을 추가했다. 하지만 명혜는 묵묵부답, 답장을 보내지 않았다. 몇 통이고 반복해서 문자를 보냈지만 소용없었다. 조용하던 명혜가 마침내 다시 연락해 온 것은 그 주의 금요일이었다.

— 토요일 점심 어때?

물음표까지 합쳐서 겨우 여덟 글자였다. 게다가 점심이라니. 평소엔 점심에 만나 저녁, 아니 아침부터 밤을 새워서 놀아도 부족한 사이였다. 그런데 시간을 정하다니, 점심이라고 딱 잘라 말하다니. 재연은 빈정이 상해 만나는 걸 관둘까 하다가, 2주 연속 혼자 있을 주말을 견딜 수 없어 꾹 참았다.

다음 날, 재연은 아침부터 바빴다. 평소엔 늘 명혜가 만날 곳을 정했지만 이날은 달랐다. 아침에 일어나자마자 유명 레스토랑을 예약하고 명혜에게 메시지로 레스토랑의 주소와 약속 시간을 보냈다. 명혜는 그 메시지에 바로 답을 보내오지 않았다. 재연은 확인했다는 표시 1이 없어졌는데도 답장이 오지 않는 걸 보고 다시 한번 속이 상했지만 꾹 참았다. 지금 잘못 이야기를 했다가 명혜가 약속을 취소하기라도 하면 곤란했다.

재연은 약속 시간 15분 전 도착했다. 명혜는 10분 늦었다. 재연은 총 25분을 기다린 셈이 됐다. 명혜는 한 손에 테이크아웃한 일회용 빈 커피 컵을 들고 있었다. 어디서 딴 사람과 만나다 늦은 것 같았다. 그런데도 사과하지 않았다.

이후로도 명혜의 태도는 뚱하기 그지없었다. 재연이 사근사근하게 말을 걸어도 명혜는 데면데면했다. 재연이 모르는 사이 바꾼 새 기종의 핸드폰만 들여다보며 성의없이 대꾸했다. 결국 재연이 참지 못하고 물었다.

"누구랑 문자하니?"

"아, 카톡이 와서."

"요즘 만난다는 그 친구?"

재연의 가슴이 쉴 새 없이 콩닥거렸다. 남편에게 '당신 여자 생겼어?' 하고 묻는 아내의 기분이 이럴까 싶었다.

"응, 절친."

그 말에 재연은 가슴이 시렸다. 저도 모르게 오른손에 든 나이프를 꽉 쥐며 빈정거렸다.

"좋겠네. 나도 그런 절친 하나 있었으면 좋겠네."

"응, 좋아. 너처럼 까칠하지 않거든."

재연은 예상치 못한 말에 당황했다. 가슴이 심하게 두근거리는 걸 가까스로 참으며 억지웃음을 지었다.

"내가 좀 까칠했나?"

"너, 내가 최애 이야기만 하면 입 다물었잖아. 딴짓하고 딴 데보고. 나는 네가 그러는 게 너무 섭섭했어. 그래서 너랑 안 만나는 게 나을 거 같아서 슬쩍 연락 끊을까 하면 너 꼭 먼저 연락해서 주말에 보자고 하더라. 내가 너 속 모를 줄 알아? 만날 사람은 없는데 내가 만만해서, 혼자 있는 건 싫어서 시간 때우려고 같이 보자고 한 거잖아?"

재연은 창피했다. 명혜가 이렇게까지 자기 속을 빤히 들여다보고 있을 줄은 몰랐다. 맞받아쳐야 하는 건지, 아니면 여기서 미안하다고 해야 할지 혼란스러웠다. 재연은 한참 고민하다가 가까스로 마음을 정했다. 일단 미안하다고 하는 게 맞는 것 같았다. 이대로 맞부딪쳤다가 다시는 만나지 않겠다는 말이 돌아오면 주말을 어떻게 보낸단 말인가. 가까스로 재연이 입을 열어 무언가 말하는 순간, 명혜의 핸드폰이 부르르 떨렸다. 화면에 전화를 건 사람의 이름이 떴다. '절친'. 명혜는 재연을 만난 이후 단 한 번도 보여주지 않은 미소를 지으며 전화를 받았다.

"나야! 어디야? 어머, 정말? 나 지금 갈게! 무슨 소리야, 힘들기는! 절친 부탁인데 당연히 가야지! 잠깐만!"

명혜는 핸드폰에서 잠깐 귀를 뗀 후 재연을 보며 말했다.

"나 간다. 잘 지내라."

"무슨 소리야! 우리 만난 지 30분밖에 안 됐……."

"너도 지난번 만났을 때 그랬잖아. 누구 연락 오자 바로 갔잖아."

사실이었다. 한 달 전, 재연은 명혜와 만나고 한 시간도 채 안 돼 다른 친구 연락이 오자마자 좋다고 나갔다.

"너 그냥 혼자 있는 거 못 버티는 거 같던데, 그렇게 못 참겠으면 절친봇이랑 놀든지."

"절친봇? 그게 뭔데……."

말이 끝나기도 전에 명혜는 식당을 나가버렸다. 재연은 허탈했다. 남은 음식에 포크를 갖다 댔다. 입에 넣고 우물우물 씹었다. 실연했을 때엔 너무나 당연한 듯 사라지던 식욕이 친구를 잃었을 때엔 멀쩡했다. 천천히 음식을 먹으며 보내는 시간을 참을 수 없어 핸드폰을 들었다. 되는대로 SNS를 봤지만 오늘은 눈에 들어오지 않았다. 유튜브도, 모바일 게임도 마찬가지였다. 뭘 해도 시간이 안 갔다. 그러다가 명혜가 말한 절친봇이 떠올라 검색했다.

오늘 절친봇과 대화하며 점심 먹었어요.

절친봇은 절친이라는 말로는 부족해요.

날 너무나 잘 이해해 주는 최고의 친구.

고마워, 절친봇. 넌 내가 세상을 살아가는 이유야.

절친봇이야말로 진정한 소울메이트.

딱히 큰 관심은 없었지만 관성적으로 스크롤을 내리는 걸 멈출 수 없었다. 그렇게 검색 결과를 쭉 훑다가 김 기자라는 사람이 쓴 기사의 일부분에 시선이 멈췄다.

요즘 사람들은 고독을 견디지 못한다. 외로워서, 허전함을 달래기 위해 SNS에서 친구를 찾는다. 각종 SNS에 시시때때로 글을 올리며 서로의 일거수일투족을 공유하고 댓글을 주고받는다. 사람들은 친구 중독에 빠졌다.

재연은 어렸을 때부터 외로움을 참지 못했다. 학창 시절엔 부모님과 친구들이, 재수할 때엔 같은 처지의 재수생들이, 회사에는 직장 상사와 동료, 후배가 있었다. 늘 끊임없이 SNS로 대화를 했다. 개인 톡이 오지 않으면 단톡방을 들여다봤고, 단톡방의 메시지가 없을 때엔 택배 아저씨의 문자에도 답장을 보냈으며, 그조차 없으면 SNS를 들락거리며 되는대로 사람들에게 말을 붙였다. 그 사람과 대화하고 싶어서가 아니라 혼자 있는 걸 참을 수 없어 손가락을 끊임없이 놀렸다.

재연은 '친구 중독'으로 기사를 좀 더 검색해 봤다. 그러다가 같은 기자가 쓴 다른 기사를 발견했다. 그 기사의 제목은 〈당신의 친구가 되어드립니다, 절친대행〉이었다.

11월 첫 주, 자그마치 대행 관련 업체 신설법인이 열 군데나 늘어났다. 그중 눈길을 끈 것은 자본금 5억 원의 스타트업 (주)프렌드엔코다. 김은 김 기자, 최는 최절친이다.

김: 절친대행이라니, 신선하고 놀랍다. 어디에서 절친대행업의 아이디어를 얻었는가.

최: 트위터 절친봇에서. 인기가 많더라. 그렇다면 실제로 절친을 빌려준다면 어떨까 생각했다. 저렴한 돈으로 아쉬운 소리 하지 않아도 만날 수 있는 친구가 생긴다면 재미있을 듯싶어 시작했다.

김: 그래도 대행업을 바로 떠올리기는 힘들 듯한데.

최: 1년간 시장 조사를 좀 했다. '무점포 청소 대행업', '하객 대행업', '이혼 공작 대행업' 등 여러 대행업을 발견했고, 이것이 꽤 성공리에 운영된다는 사실도 알 수 있었다. 아, 작년 이맘때는 일본에도 다녀왔다.

김: 일본이라고?

최: 일본에는 이미 절친대행 회사가 있다. 그곳의 서비스를 직접 받은 후 시스템을 연구했다. 이후 얼마간 시험 운영한 후 올해 5월, 본격적으로 사업을 시작했다.

김: 요금 제도와 광고 문구가 재미있던데. 어디서 그런 아이디어를 얻었나 궁금하다.

최: 일수 광고물을 따라 했다. (웃음) 카페나 술집에서 흔히 보는 일수 명함이나 일수 광고 문구가 재미있더라. '요즘같이 친구 사귀기 어려운 때 전화 한 통으로 지인한테 아쉬운 소리 하시겠습니까? 저렴한 요금으로 편안하게 절친을 만드세요!'는 '요즘같이 어려운 때 작은 금액으로 지인한테 아쉬운 소리 하시겠습니까? 목돈 쓰고 편안하게 약속 기간 안에 푼돈으로 상환하세요!'이고, '위 업체 이용 시 절친대행 요금은 공공기관 절친대행 요금보다 저렴할 수 있습니다'는 '위 업체 이용 시 이자는 공공기관 이자보다 저렴할 수 있습니다'였다. 실제로 처음 명함을 만든 후에는 일수 명함 사이에 끼워서 뿌리기도 했다. 처음엔 일수 문의 전화가 더 많아 대부업으로 업종을 바꿀까 고민도 많이 했다. (웃음)

김: 최절친은 본명인가? 왠지 이야기를 들어보니 일부러 그런 이름을 쓰는 듯도 하다.

최: 개명했다. 본래 이름은 최민국이다.

김: 처음 절친대행업을 들었을 때 맞선 업체를 떠올렸다. 즉, 중개자가 친구를 소개해 주는 시스템인데, 맞나?

최: 아니다. 우리는 말 그대로 고객의 니즈에 맞춘 '절친 사원'을 서비스한다.

김: 한 명 한 명에게 각기 맞는 '절친'을 대행할 수 있을 만큼

의 재력과 인맥을 확보했다는 이야기인가?

최 : (웃음) 설마 그런 일이 가능할 리가. 등급제다. 시간당 금액
　　이 다르며 등급이 올라갈수록 서비스의 질이 높아진다.

김 : 시간당 요금을 내며 서비스를 받는 사람이 실제로 있다는
　　건가?

최 : 물론이다. 최초로 서비스를 이용한 고객층은 대부분 연애
　　도, 결혼도 딱히 원하지 않는 삼십 대 미혼 남녀다. 친하게
　　지내던 '절친'들이 결혼을 하자 관계가 소원해져 외로움을
　　풀려고 우리를 찾았다. 최근에는 다양한 연령대의 고객이
　　우리를 찾는다. 실제 한 중년의 남성 고객은 "바에서 술 마
　　시는 것보다 (돈이) 적게 먹힌다"고 말하기도 했다.

김 : '절친을 돈으로 산다!'는 사실이 알려져 부끄러워하는 사
　　람들도 있을 듯한데.

최 : 그런 고객들을 위한 '맞춤' 절친도 있다. 예를 들어 어떤
　　분들은 자신이 아닌, 친구가 없는 자식이나 친척을 위해 절
　　친 문의를 하는 경우도 있다.

김 : 그 말은 내 주변에도 비밀절친이 있을 수 있다는 건가?

최 : (웃음) 비밀이다.

김 : 하지만 여전히 거부감이 든다. 친구가 필요하다면 다른 방
　　법, SNS라든가 독서 모임, 문화 강좌 등을 통해 사귀면 좋
　　을 듯한데. 요즘엔 소개팅 앱도 잘 되어 있고.

최 : 반대로 내가 묻겠다. 기자는 지금 말한 그 방법들로 새로
　　운 친구를 사귈 수 있나? SNS와 소개팅 앱으로 만난 사

람들에게 자신의 속마음을 모두 드러내 보일 수 있겠는
가? 매일 전화를 걸고, 문자를 보내 시답잖은 이야기를 떠
들 수 있겠는가?

김 : …….

최 : 나는 할 수 없다. 나이가 들수록 의심이 많아지기 때문이
다. 손해를 입을지 모른다, 상처를 받을지 모른다는 생각
에 선불리 마음을 열 수 없다. 사람들은 외롭다고 생각해
도, 절친을 원해도, 다른 사람에게 먼저 다가가기를 겁낸
다. 차라리 돈으로 정의한 관계가 훨씬 깨끗하다.

최의 말에 수긍했다. 하지만 여전히 '돈'을 주고 만나는 관계는
찜찜했다. 이런 나의 마음을 읽은 듯 최가 한 가지 제안을 했
다. 일주일간 '맞춤' 절친을 무료로 대행해 주겠다는 것.

이 기사가 업데이트된 건 한 달 전이었다. 이후 다음 연재 기사
는 올라오지 않았다. 찾아보니 다른 누리꾼들도 재연처럼 후기를
궁금해하고 있었다. 어째서 김 기자는 다음 연재를 올리지 않았
을까. 정말 가짜 우정에 빠졌나. 그러고 보니 방금 전 명혜도 절친
의 전화를 받고 뛰쳐나갔는데, 설마 그 절친이 이 절친일까?

한 달 후 주말, 재연에게는 여전히 아무 약속도 없었다. 어떻게
든 약속을 잡으려던 것조차 관뒀다. 명혜가 했던 말이 자꾸 머릿
속을 맴돌아 남에게 연락하기 싫어졌다. 그래도 일단 무작정 집

을 나섰다. 집에 있기는 죽기보다 싫었다. 원룸의 썰렁한 벽 사이로 새어나오는 냉기에 내면마저 식어버릴까 두려웠다.

처음엔 자주 가는 프랜차이즈 카페나 갈 셈이었다. 하지만 막상 가려니 머뭇거려졌다. 바리스타들이 주말마다 출근하듯 오는 재연의 얼굴을 기억하고 '친구 없는 여자'라고 비웃을 것 같았다.

재연은 핸드폰을 들었다. 화면에는 '절친대행 서비스'의 SNS 계정이 떠 있었다. 한 달 전, 명혜에게 심한 말을 들은 후 우연히 알게 된 서비스. 이후 재연은 하루에 열 번 넘게 이 계정을 들락거리고 있었다.

처음엔 호기심이었다. 다음은 분노였다. 명혜가 말한 '절친'이 이것이었다면 따지고 싶었다. 조금 더 시간이 지나자 자신에게 솔직해졌다. 재연도 제대로 된 '절친'을 만나고 싶었다. 하지만 그런 생각을 하고 나면 곧바로 자신에 대한 경멸이 몰려왔다.

어디로 갈지 정하지 못한 채 집 앞에서 마을버스를 탔다. 토요일, 버스 안은 재연처럼 모두 혼자였다. 어쩌면 이들 중에도 갈 곳을 정하지 못한 이들이 있을지도 모른다. 재연은 그렇게 상상하며 잠시 마음의 위안을 얻었다.

다음 버스 정거장에서 한 할머니가 마을버스에 올랐다. 할머니는 주변을 두리번거리다 노약자석으로 다가갔다. 이미 노약자석에 앉아 있던 젊은 여성은 흘깃 할머니를 올려다보았으나 양보하지 않았다. 할머니는 봉에 몸을 기댄 채 문제의 여성을 뚫어져라 노려봤다.

다섯 정거장을 지났다. 버스가 정류장에 서기 직전, 노약자석에 앉은 여성이 일어났다. 여성은 높은 하이힐이 처음인 사람처럼 비틀거리며 뒷문으로 다가갔다. 한 걸음, 한 걸음 천천히 버스에서 내렸다. 할머니가 그 뒤를 따랐다. 하이힐을 신은 여성처럼 느린 걸음걸이로 조심스레 계단을 내려갔다. 재연은 생각했다. 노인이 된다는 것은 어쩌면 하루 종일 하이힐을 신고 다니는 것일지도 모른다. 하지만 그건 다시는 벗지 못할 하이힐이다. 다시는 벗지 못할 높은 하이힐을 신고 걸어가는 것이 인생이라면, 늘 위태위태할 수밖에 없는 게 삶이라면, 버스의 봉처럼 기댈 수 있는 누군가가 있었으면 좋겠다. 저 할머니에겐 그런 사람이 없는 거겠지. 친구가 없는 건 쓸쓸하구나. 재연이 할머니를 측은하게 여기며 한참 계단을 내리는 모습을 지켜볼 때, 차창 밖에서 큰 소리가 났다.

"젊은 사람들 불편하게 밍기적거리지 말고 후딱 내려와라잉!"

정류장에 있던 같은 또래의 할머니가 소리를 지르며 손을 내밀었다.

"내가 무슨 보재기여? 보채지 좀 말어!"

버스에서 내리는 할머니는 퉁명스럽게 대꾸하면서도 친구의 손을 꽉 붙잡았다. 할머니들은 하얀 보도블록이 보이지 않을 정도로 가득 쌓인 노란 은행잎을 밟고 서서 끊임없이 불평 섞인 대화를 주고받았다.

재연은 버스가 출발한 후로도 차창 밖을 계속 내다보다가, 두 할머니가 점이 되어 사라질 무렵에서야 고개를 돌렸다. 시야가 뿌옜다. 자신도 모르는 새 눈물이 고여 있었다. 재연은 핸드폰을 꽉 쥐었다. 마침내 갈 곳을 정했다. (주)프렌드엔코 강남점이었다.

(주)프렌드엔코 강남점은 은행과 비슷했다. 유니폼을 입은 전문 상담 직원이 여섯 명, 각기 창구에서 상담에 여념이 없었다. 대기자만 재연을 포함해 스무 명이 넘었다.

재연은 주변에 앉은 사람들을 흘깃거렸다. 어떤 사람들이 이곳을 찾아오나 궁금했다. 연령층도 성별도 제각각이었지만, 하나같이 표정이 진지했다. 30분을 기다리고 나서야 재연의 차례가 왔다.

"오래 기다리셨습니다. 오늘은 어떻게 도와드릴까요?"

"절친 시스템을 좀 이용하고 싶어서요."

"그러시군요. 저희 시스템에 대해 어느 정도 알고 계신가요?"

"잘은 몰라요."

거짓말이었다. 지난 한 달간 하도 샅샅이 뒤져봐서 자세한 서비스 내역까지 모두 다 알았다. 하지만 재연은 그렇다고 말하는 게 창피했다.

"어떻게 저희 서비스를 알게 되셨나요?"

재연은 이 말에 또 한 번 무어라고 말해야 할지 망설였다. 친구가 너무 필요하다고 말하기도, 계정을 먼저 훑어봤다는 것도 어쩐지 자존심이 상했다. 그렇다고 그냥 지나가다 신기해서 들어왔다고 말하는 것도 말이 안 됐다. 신기해서 들어온 사람이 이렇게 오랜 시간 대기하고 상담을 받을 리가 없지 않은가. 한참 변명을 궁리할 때, 재연은 명혜를 떠올렸다.

"아는 사람이 이 시스템을 이용 중이거든요."

"아! 추천을 받아 오셨군요! 그 고객님 성함이요?"

"백명혜입니다. 동갑이고요."

"백명혜 고객님. 90년생요."

상담 직원은 생글생글 웃으며 타자를 치더니 다시 말했다.

"백명혜 고객님. 네, 저희 회원이 맞으시네요. 추천인이 있으시니 첫 이용 시 10퍼센트 할인된 가격을 적용해 드리겠습니다."

재연은 살짝 웃으며 고개를 끄덕였다. 그러자 상담 직원이 재연의 앞에 태블릿을 내밀며 설명을 이어갔다.

"저희는 등급제 서비스를 운영하고 있습니다."

삼백만절친 → 시간당 14,000원!

택 1

1시간 동안 메시지 10통

전화 통화 15분

만남 20분

오백만절친 → 시간당 20,000원!

택 1

1시간 동안 메시지 20통

전화 통화 30분

만남 30분

천만절친 → 시간당 50,000원!

택 1

1시간 동안 메시지 50통

전화 통화 1시간

만남 1시간

비밀절친 → 상담 요망!

"서비스 내역은 이렇고요, 한 달 최소 열 시간부터 이용이 가능하세요. 예를 들어 삼백만절친으로 한 달 최소 이용 시간인 열 시간을 이용하실 경우, 이용 시간은 14만 원입니다. 그후, 서비스 내역 중 원하시는 것을 골라 선택하실 수 있어요. 결제는 카드와 계좌 이체 모두 가능하시고요, 결제하실 카드사에 따라 무이자 서비스도 가능하십니다."

"저, 이거 좀 이상한 거 아닌가요?"

재연은 그간 궁금했던 부분을 지적했다.

"오백만절친이 30분에 2만 원이고, 천만절친은 한 시간에 5만 원이잖아요. 그럼 오백만절친을 한 시간 이용하고 4만 원이면 천만절친보다 저렴한 거 아닌가요?"

"고객님, 아주 좋은 포인트를 지적해 주셨습니다!"

상담 직원은 활짝 웃으며 말했다.

"그건 저희 사원들의 '등급'에 대한 이해와 직결되는 질문입니다. 삼백만절친과 오백만절친, 그리고 천만절친은 상담의 수준이 크게 다릅니다. 축구로 따지자면 유소년, 청소년, 유럽 리그 수준으로 차이가 난달까요? 그래서 가격이 상대적으로 저렴해도 질적으로 따진다면 만 원, 아니 그 이상의 만족도 차이가 납니다."

상담 직원은 태블릿 화면에 백분율 그래프를 띄웠다. 상담 직원의 말대로 천만절친을 이용한 고객의 만족도가 오백만절친을 이용한 고객의 만족도보다 몇 배를 웃돌고 있었다.

"그렇군요. 그렇다면 명혜는 이 중 어떤 서비스를 이용 중이죠?"

"개인 정보라 그건 말씀드리기가 살짝 곤란한데요."

"제가 기억이 안 나서 그래요. 자신이 만나는 절친이 너무 좋다고 극찬했거든요. 서비스 이야기 자주 들었는데 까먹어서 물어보는 거예요. 전화도 자주 오고, 문자도 자주 주고받기에 부럽더라고요. 저도 그걸 좀 받고 싶어서."

"그러시다면 고객님께만 살짝 안내해 드릴게요."

상담 직원은 재연의 말에 잠시 망설이는가 싶더니 살짝 웃으며 표정을 바꿨다.

"백명혜 고객님께서는 천만절친을 한 달 육십 시간 서비스 이용 중이십니다."

명혜의 연락이 뜸해진 게 두 달 전이다. 그렇다는 건…… 재연은 속으로 금액을 계산해 봤다가 정신이 번쩍 들었다. 한 달에 300만 원이다. 명혜의 정확한 월급은 알지 못하지만 허리띠를 졸라매야 가능할 지출일 거다.

"고객님은 어떤 시스템을 이용해 보시겠습니까?"

"삼백만절친으로 열 시간요."

재연은 속으로 그 돈조차 아깝다고 생각했다. 하지만 일단 이곳까지 왔으니 명혜가 그렇게까지 빠진 절친대행 서비스가 뭔지 한 번쯤 경험해 보고 싶었다. 14만 원이면 그렇게 큰돈은 아니다. 재연이 다니는 네일아트랑 비슷하다.

"네, 그럼 마음에 드는 절친과 시간 예약을 진행해 드릴 텐데요. 또래가 좋으신가요? 아니면 나이 차이가 좀 나는 절친이 필요하신가요? 아, 물론 이성 절친도 가능합니다만 성적인 접촉은 일체 금지됨을 미리 안내해 드리고요."

마지막 안내 사항을 말할 때 상담 직원은 약간 심각한 표정을 보였다. 재연은 처음부터 이성 절친엔 관심이 없었기에 또래의 동성 친구를 요구했다.

"현재 시간 여유가 있는 삼십 대 삼백만절친 여성 사원은 이 세 명입니다."

상담 직원은 태블릿을 내보였다. 태블릿에는 세 명의 삼십 대 여성 사진이 들어 있었다. 각기 90년생부터 85년생 사이의 여성으로 그들의 프로필에는 키와 몸무게, 직장과 연수입 등이 공개되어 있었다. 모두 가상으로 만들어낸 설정이겠지 하면서도 흥미로웠다. 더불어 재연은 궁금해졌다. 명혜가 자신에게 모진 말을 하고 만나러 간 문제의 절친은 어떤 사람일까.

"명혜가 만나는 절친은 누군가요?"

"아, 백명혜 고객님이 만나시는 절친은 천만절친 전문입니다. 그 사원은 다른 등급은 서비스하지 않습니다."

재연은 또 울컥했다. 그 말이 명혜가 자신보다 나은 사람 같다

는 말처럼 들렸다. 재연은 머릿속으로 돈을 계산해 봤다. 5만 원
씩 열 시간, 추천인 할인을 받으면 45만 원. 휴가 때 해외여행 한
번 참으면 될 수준이다. 이 정도 금액이라면 큰 부담은 없다.

"정했어요. 명혜가 만난다는 그 천만절친 사원으로 열 시간 부
탁드려요."

"절친 사원 프로필을 일단 보시고……."

"괜찮아요. 일단 계약하고 결제부터 해요."

상담 직원은 신분증을 요구했다. 복사한 후 돌려주더니 태블릿
에 계약서를 띄워 보였다. 보험 약관만큼 복잡한 계약서에는 언
어 및 신체, 성폭력 등에 대한 주의 사항과 이를 어길 시에 법적
인 조치가 행해진다는 사항이 특히 붉은 글씨로 적혀 있었다. 계
약을 마치고 나자 상담 직원은 다시 한번 문제의 절친 사원 프로
필을 확인하라고 권유했다.

"저는 첫 느낌을 중요하게 여기는 편이거든요. 처음 만나는 날
서프라이즈 하고 싶어요."

재연은 다시 한번 거절했다. 자신보다 훨씬 괜찮은 외모의 여
성 사진을 봤다가는 그런 여자니까 명혜가 자신을 떠났다는 생
각이 들어 자존심이 상할 것 같았다.

"고객님, 훌륭한 생각이십니다."

재연의 말에 상담 직원은 얼굴이 환해졌다.

"연애만큼 우정 역시 첫 인상이 중요하죠. 그럼 시간 예약을 진
행해 드리겠습니다. 고객님이 만나실 절친 사원의 이름은 최선희
입니다. 최선희 사원의 경우 현재 만남 예약이 풀이라서 전화 통

화와 SNS 서비스는 제공하지 못하고 있습니다. 하지만 만남은 가능하세요."

상담 직원이 최선희의 일정표를 보여주며 말했다.

"시간표의 빈 시간에 두 시간, 세 시간 단위로 약속을 잡을 수 있으세요. 다만, 만나는 시간에 발생하는 추가 비용, 예를 들어 카페 이용이나 식사 비용 등은 고객님이 부담하셔야 합니다."

재연은 일정표의 빈 시간을 체크했다. 돌아오는 화요일 밤 7시부터 10시, 일요일 정오부터 2시, 그 다음 주 수요일 7시부터 10시, 토요일 오전 10시부터 정오. 만나는 장소는 평일엔 회사 앞, 주말엔 집 앞 카페로 정했다.

화요일 밤 6시 50분. 재연은 회사 앞을 서성거리고 있었다. 오기가 나서 정한 일이지만 새 친구를 만난다니 설렌다. 삼백만사원은 겉보기에도 괜찮은 외모였다. 천만사원은 더 멋진 사람이 나올 것이다. 그러니 명혜도 한 달에 300만 원이라는 거금을 투자하는 게 아닐까.

"안녕하세요, 김재연 님?"

그때, 누군가 말을 걸어왔다. 재연은 살짝 미소를 지으며 고개를 돌렸다.

"최선희라고 합니다. 처음 뵙겠습니다."

열 살은 많아 보이는 중년 여성이 재연의 앞에 서 있었다.

"당신이 최선희 씨, 맞아요?"

"네, 제가 최선희입니다."

"천만절친 사원, 정말 백명혜의 절친 최선희 씨, 맞아요?"

"네, 그렇습니다."

천만절친 사원 최선희는 당황스러울 정도로 볼품이 없었다. 160센티미터도 되지 않는 작은 키에 몸매도 펑퍼짐했다. 게다가 처음 만나는데 등산복에 두터운 점퍼, 배낭을 멘 차림으로 나타났다.

재연은 오늘 새 친구를 만난다는 사실에 잔뜩 기대하고 있었다. 평소에 잘 입지 않는 명품 코트도 꺼내 입고 나왔다. 그런데 등산복을 입은 '아줌마'가 나오다니 기가 막혔다. 본래는 저녁을 같이 먹고 카페에 갈 셈이었지만, 만나고 나자 마음이 바뀌었다. 이런 상대에게 돈을 쓰는 게 아까워졌다. 근처 공원으로 향했다. 겨울치고 날이 따뜻하니 세 시간쯤 무리 없이 버틸 수 있을 것 같았다. 재연은 공원 벤치에 앉자마자 불만을 쏟아냈다.

"절친 사원이라더니 뭐 이래요? 시간당 5만 원이나 받는데 안 꾸미고 다니시고 너무한 거 아니에요? 아니 뭣보다 처음 만나는데 등산복은 아니죠. 등산복은."

"저도 사실 이해가 잘 안 돼요. 제가 왜 시간당 5만 원인지요. 나 같은 게 무슨."

뜻밖에 바로 수긍이 돌아오자, 재연은 당황했다. 더불어 짜증도 났다.

"뭐예요, 그게. 아니 저기요, 제가 고객이고 그쪽은 상담 직원이잖아요. 뭔가 좀 더 제 기분이 좋아질 대구를 하셔야 하는 거 아니에요?"

대체 최선희가 이런 태도로 어떻게 명혜의 마음을 사로잡은 건가 싶었다. 하지만 대놓고 명혜 이야기를 꺼내는 건 또 자존심이 상해서 그럴 수 없었다. 한참 씩씩거리는데 최선희가 배낭을 열었다. 그 안에서 보온병과 담요를 꺼내 재연에게 건넸다.

"담요 드릴까요?"

"네?"

"아, 차도 가져왔어요. 제가 평소 마시는 거예요. 국화차."

재연은 자신이 이렇게 심한 말을 하는데도 친절하게 대하는 최선희가 기가 막혔다. 하지만 좀 추운 건 사실이었다. 흥분해서 소리를 질러댔더니 목도 탔다.

"고마워요."

재연의 입에서 친절한 말이 처음 나왔다. 따뜻한 차가 한 모금 입으로 들어오니 조금 마음이 누그러졌다. 생각해 보니 최선희도 딱했다. 시간당 5만 원을 받고 처음 만나는 사람의 불평불만을 듣는 것도 꽤 힘든 일일 것 같았다. 잘 확인하지 않고 서비스를 예약한 자신도 문제가 있었다. 그래, 나는 사회인이다. 예의를 지키자. 어디 카페라도 들어가서 이야기를 나누자. 그렇게 생각하며 재연이 다시 입을 열려고 할 때, 최선희가 말했다.

"백명혜 씨랑 절친이시죠? 저 때문에 친구 관계가 틀어진 거 같던데 미안해요."

이 말에 재연은 마시던 음료를 뿜을 만큼 놀랐다. 방금 전까지 누그러졌던 생각을 깡그리 잊을 만큼 화가 치밀어 올라 소리 질렀다.

"아니거든요? 그깟 게 무슨 절친이야!"

재연은 자신이 명혜를 '불쌍하게' 생각해서 만난 거라고 강조해서 말했다. 얼마나 친구가 없었으면 1년 전 독서 모임에서 우연히 만났던 자신에게 연락을 했겠냐고, 명혜는 하루 종일 '최애' 이야기만 하니 아무도 버티지 못해 자신에게 연락해 온 거라고 흥분해서 헐뜯는 말을 남발했다. 이 정도 말하면 자신이 명혜보다 훨씬 나은 사람이라는 걸 이해했겠지 싶었을 때, 최선희가 다시 말했다.

"그런데도 절교를 당하셨으니 많이 힘드셨겠어요."

"아니라고요! 나도 그만 만나려고 했는데 그년이 선수 친 거라고요!"

재연은 말 그대로 폭발해 버렸다. 그간 명혜에게 쌓인 것들을 거의 고함을 지르다시피 떠들어댔다. 지나가던 사람들이 그런 재연을 흘깃거렸지만 신경 쓰지 않았다. 최선희는 재연의 말을 경청했다. 눈을 마주치고 고개를 끄덕이고 맞장구를 쳐주며 중간중간 미안하다는 말과, 명혜도 미안해할 거란 말, 평소 명혜가 재연에 대해 좋은 평가를 내렸다는 말 등을 반복해 주었다.

세 시간이 눈 깜짝할 사이 지나갔다. 10시, 헤어질 시간이 되었을 무렵, 재연은 목이 쉬어 있었다. 대체 자신이 처음 보는 상대한테 무슨 이야길 한 건가 싶었다. 더불어 조금 미안해졌다. 겨울이다. 비교적 날씨가 포근하긴 했지만 역시 예의에 어긋난 행동이었다. 다음엔 어딘가 따뜻한 곳에서 만나는 게 나을 것 같았다. 최선희와 헤어져 집으로 돌아가는 길, 그렇게 재연은 다음에 최선희와 만날 스케줄을 확인하고 있었다.

선희와의 첫 만남은 최악이었다. 하지만 폭발하고 나니 두 번째부터는 좋았다. 대화가 끊길 때면 명혜 욕을 하느라 시간 가는 줄 몰랐다. 그렇게 한 달쯤 지나고 나니 재연은 선희와 만나는 걸 정말 기대하게 됐다.

언젠가부터 재연은 선희의 취미인 등산도 좋아졌다. 재연은 본래 운동이 싫었다. 아무리 열심히 해도 끽해야 한두 번 하고 나면 흥미를 잃었지만 선희와 함께 하는 등산은 즐거웠다. 선희는 늘 재연에게 맞춰줬다. 집 근처 뒷산에 오르는 것도 등산이었고, 어딘가 산꼭대기에 있는 박물관을 찾아가는 일 역시 등산이었다.

재연은 자꾸 선희가 보고 싶어졌다. 이것이야말로 진정한 우정이 분명했다. 그렇게 재연은 선희와 만나는 시간을 늘려가 이용 석 달째부터는 한 달 육십 시간, 300만 원의 공을 들이고 있었다. 큰돈이라는 생각은 들지 않았다. 유럽 여행 열흘 가면 쓸 경비와 비슷한 수준이다. 선희와 보내는 육십 시간은 유럽 여행 열흘보다 훨씬 가치가 있었다.

반년이 지나자 재연은 여름 휴가 때 선희와 느긋하게 해외여행을 다녀올까도 고려하기 시작했다. 돈도 얼마나 들지 모른다. 그래도 재연은 상관없었다. 사귀는 남자는 없었다. 결혼할 계획도, 그 밖의 여가 시간에 돈을 쓸 일도 없었다.

누군가는 자신을 가리켜 돈으로 산 우정이 어떻게 순수할 수 있냐고 욕할 것도 같았지만, 재연은 생각이 달랐다. 돈으로 산 시간 내내 선희는 재연에게 집중했다. 그만큼 우정을 소중히 여겨주었다. 지금껏 살아오면서 재연에게 이토록 순수한 우정은 단한 번도 없었다.

재연은 일할 때도 집중하지 못했다. 혹시 선희 언니에게 카톡이 올지도 모른다는 생각에 핸드폰에서 시선을 뗄 수 없었다. 시간당 SNS 50통은 이미 모두 썼다. 그러니 선희가 카톡에 답장을 보낼 리는 없었다. 무엇보다 선희는 지금쯤 아마 다른 고객에게 SNS를 서비스하느라 바쁠 것이다.

마침내 선희의 카톡이 왔다. 드디어 한 시간이 지난 모양이었다. 재연은 한 시간 전에도 보냈던 그 카톡을 또 한 번 보냈다.

　　— 언니. 우린 절친 맞지?

바로 답장이 왔다.

　　— 그럼. 물론이지.

재연은 손가락으로 몇 번이고 그 문장을 만지작거리며 미소 지었다. 바로 답장을 보내려고 하는데 재연의 핸드폰이 울렸다. 전화를 건 사람은 명혜였다. 재연은 받을까 망설이다가 무시했다. 그보다 지금은 선희와 카톡으로 대화를 나누는 게 중요했다.

저녁엔 선희와 약속이 있었다. 7시 반부터 자정까지, 무려 네 시간 반 예약을 잡는 데 성공했다. 본래 있었던 예약이 캔슬된 덕에 추가로 잡은 행운이었다. 재연은 갑자기 예약을 취소한 그 바보가 누군지 진심으로 감사했다.

6시 45분, 회사를 나섰다. 그런 재연을 누군가 불러 세웠다.

"저, 저기 재연아!"

재연은 처음엔 잘못 들었겠지 했다. 회사까지 재연을 찾아올 사람은 없었다.

"김재연, 김재연!"

그런데 상대는 성까지 붙여 재연을 불렀다. 고개를 돌려보니 낯익은 얼굴이 있었다.

"잘, 지냈어?"

명혜였다. 그런데 명혜의 얼굴이 무척 안 좋아 보였다. 살이 꽤 많이 빠진 데다 옷차림도 추레했다. 명혜를 보자 마지막 만났을 때 그녀에게 들었던 모진 말이 떠올랐다. 재연은 저절로 표정이 굳어 무뚝뚝하게 대꾸했다.

"어, 웬일이니?"

"혹시 너, 시간 있어?"

재연은 핸드폰의 시간을 확인했다. 선희와 만나기까지 여유가 있었다. 그사이 재연은 선희에게 줄 작은 선물이라도 살까 고민 중이었다.

"혹시 너 오늘 선희 언니 만나러 가?"

재연은 바로 명혜에게 네가 그걸 어떻게 아느냐고 물으려다가 떠올렸다. 이 예상치 못한 추가 만남이 누군가의 캔슬 덕분이었다는 사실을.

"네가 캔슬했구나?"

재연은 속으로 고소해하며 말했다.

"고마워. 덕분에 언니 만날 시간이 늘어났네."

"저, 저기 재연아! 그럼 나, 나도 같이 가면 안 돼?"

"뭐라는 거야? 저리 가. 너 내 친구 아니잖아."

"그러지 말고. 제발."

명혜가 재연의 팔을 꽉 붙잡았다.

"나 선희 언니 못 만난 지 한 달이 넘었어."

"결제하고 예약 잡으셔."

"돈이 없어. 돈이 떨어졌어. 제발, 나 그냥 아무 짓도 안 할게. 그냥 가만히 앉아만 있을게."

"싫다고. 내가 왜 너랑 셋이 만나냐고."

"그럼 멀리서 보게라도 해줘. 선희 언니가 너무 보고 싶어서 그래. 돈 구하면 금방 바로 다시 만날 거야. 그러니까 제발, 그냥 멀리서 보게라도 해줘."

"야 너, 제정신 아닌 것 같다. 그냥 좀 가줄래? 나 바쁘거든?"

"재연아, 제발!"

명혜는 점점 더 세게 재연의 팔을 꽉 붙잡았다. 명혜는 아귀힘이 셌다. 재연이 뜻밖의 통증에 놀라 엉겁결에 명혜를 밀쳤다. 명혜가 바닥에 쓰러졌다.

"정신 차려. 너 이상해."

이번엔 명혜가 재연의 다리를 붙잡았다. 꽉 잡고 고래고래 소리를 질러댔다.

"우리 친구잖아! 부탁 한 번만 들어줘. 응? 제발, 재연아! 나 선희 언니 못 보면 못 살아!"

재연은 이제 슬슬 공포를 느끼고 있었다. 자신의 다리를 붙잡은 명혜를 다른 발로 차서 넘어뜨린 후 뒷걸음질 치며 소리쳤다.

"누, 누가 너랑 친구라고 그래! 너 같은 거 친구 아냐! 난 너 같은 친구 둔 적 없다고!"

명혜는 제정신이 아닌 것 같았다. 돈을 주고 사는 친구를 공유하자고 하는 것 자체가 말이 안 되는 소리였다. 재연은 바닥에 쓰러진 명혜를 무시한 채 약속 장소로 향했다.

선희와의 만남은 언제나 그렇듯 즐거웠다. 평소보다 더 긴 시간을 함께 보내 더욱 그런 것 같았다. 만나는 사이 계속 명혜의 전화가 걸려왔다. 집요하게 울리는 벨소리에 재연은 핸드폰을 꺼버렸다.

재연은 선희와 헤어진 후에야 핸드폰을 다시 켰다. 전화를 끈 후로도 명혜는 끊임없이 전화를 걸어댔다. 중간중간 모르는 번호도 번갈아 찍혀 있었다. 재연이 전화를 받지 않자 다른 번호로 건 게 분명했다. 재연은 질렸다. 아무래도 한마디 해줘야겠다고 생각하며 명혜의 번호를 누르려고 할 때, 다시 전화가 걸려왔다. 재연은 잔뜩 화가 나서 전화를 받았다. 바로 소리부터 질러댔다.

"야, 너 그만 좀 해! 안 되는 건 안 되는 거라고!"

"김재연 씨 맞습니까?"

돌아온 건 남자의 굵은 목소리였다.

"강남경찰서에서 전화 드렸습니다. 백명혜 씨하고 아시는 사이죠?"

계속해서 무어라고 말했지만 재연은 들리지 않았다.

일단 전화를 끊은 후 재연은 마음을 가다듬기 위해 가장 먼저 선희를 찾았다. 선희에게 이 사실을 알려야 했다. 이용 시간은 아니지만 그간 다져온 우정이 있으니 선희가 전화를 받으리라 생각했다.

선희는 전화를 받지 않았다. 몇 번이고 반복해서 걸었지만 결과는 마찬가지였다. 재연은 선희에게 계속 메시지를 보냈다. 명혜가 죽었다고, 어쩌면 좋으냐고 물었으나 답은 오지 않았다.

선희의 전화가 온 건 아침 7시 정각, 재연이 예약한 이용 시각이었다. 재연은 섭섭하다고 생각하면서도 선희의 전화를 받자마자 간밤에 있었던 일을 쏟아냈다. 선희는 재연의 이야기를 다정하게 들어주다가 정확히 한 시간이 지나자 전화를 끊었다.

재연은 더 긴 이야기를 하고 싶었다. 몇 번이고 다시 선희에게 전화를 걸었지만 선희는 전화를 받아주지 않았다.

'이게 무슨 우정이야. 무슨 우정이 이래.'

재연은 눈물이 났다. 하지만 그렇게 울면서도 다시 선희에게 전화를 거는 걸 멈출 수 없었다.

1년이 지났다. 그사이 재연은 모아놓은 돈을 절친대행 서비스로 탕진했다. 돈이 떨어졌다고 해서 선희와의 연락을 끊을 수는 없었다. 재연은 카드론을 이용해 금액을 충당했다. 하지만 그것도 결국 끝이 났다. 이제는 돈을 구할 방법이 없었다. 그건 곧 선희와 더는 만날 수 없다는 말과 같았다.

선희와 마지막으로 만나는 날, 재연은 이런 사정을 이야기했다. 돈이 없어도 만나주면 안 되겠냐고, 1년 넘게 우리가 쌓아온 우정을 언니도 저버리고 싶지는 않을 것 아니냐고, 그사이 우린 명혜를 잃지 않았냐고 말했지만 선희에겐 통하지 않았다.

"미안해, 재연아. 하지만 난 이게 직업이야. 너도 그건 잘 알잖아."

재연은 그런 선희를 잡고 눈물을 쏟아냈다. 난 언니 없이 못 산다. 이렇게 누구에게 마음을 연 건 태어나서 처음이다. 하지만 선희는 매정했다. 처음 재연을 만났을 때처럼 국화차를 한 잔 따라주며 마시라고 하더니 정확히 시간을 채운 후 재연을 혼자 두고 가버렸다.

그렇게 우정이 끝났다. 재연은 몇 번이고 선희의 전화번호로 연락했지만 결번이라는 안내만 나왔다. 문자 메시지며 각종 SNS의 답장도 오지 않았다.

재연은 갑작스러운 이별을 일주일도 참지 못했다. (주)프렌드엔코 강남점으로 달려갔다. 상담 직원에게 당장 서비스를 재개해달라고 카드를 내밀었다. 웃는 얼굴로 카드를 받아 결제를 진행하던 삼십 대 남성 직원은 곧 얼굴이 굳었다.

"고객님, 카드가 정지됐습니다."

"어떻게 방법이 없을까요. 난 선희 언니 없이는 못 살아요."

이 말에 남성 직원은 잠깐 고민하는 표정을 짓더니 태블릿을 보였다. 그 태블릿에는 ㈜프렌드엔코 현금 서비스 안내문이 띄워져 있었다.

"이게, 뭔가요?"

"작년 한 고객님이 갑작스레 끊긴 우정에 충격을 받아 자살하는 사건이 있었습니다. 이후 저희 ㈜프렌드엔코는 그런 고객님을 지원하기 위해 새로운 서비스를 론칭했습니다. 시중 금리보다 다소 높긴 합니다만 이 서비스를 받으시면 바로 친구 서비스 이용이 가능하십니다."

"해주세요."

재연은 이야기를 끝까지 듣지 않고 말했다.

"해주세요. 그거 바로 해주세요."

㈜프렌드엔코 강남점 2층 사장실. 최절친 대표는 비틀거리는 걸음으로 건물을 나서는 재연의 뒷모습을 가만히 바라보며 미소를 짓고 있었다.

이렇게 또 한 명 '우량 고객'이 생겼다. 이제 최절친은 해외 시장 진출을 노리고 있었다. 오대양 육대주, 외로움을 느끼지 않는 인간은 없다. 최절친의 생각에, 이보다 더 가성비가 좋은 사업은 없을 듯했다.

당신의 혼자력은 안녕하신가요?

　이십 대까지만 해도 저는 혼자 있는 걸 참지 못하는 편이었습니다. 주중에는 늘 카페에서 일했고, 주말이면 어떻게든 약속을 잡았습니다. 왠지 집에 있으면 패배한 기분이 들었달까요. 그러던 중, 카페에서 우연히 일수 메모지를 발견했습니다. 그 메모지를 보고는 막연히 그런 생각을 했던 것 같습니다. '이런 데 연락해서 돈을 빌리는 사람은 얼마나 절박한 걸까?'

　어느 날인가, 주말에 친구와의 약속이 갑자기 깨졌습니다. 친구가 저랑 있다가 갑자기 남자친구한테 연락이 왔다고 데이트한다고 갔던 것 같아요. 저는 서운하면서도 저도 같은 상황이 되면 똑같이 할 것 같았기에 그냥 친구를 보냈습니다. 그러고는 혼자 카페에 멍하니 앉아서 낙서나 하려다 다시 한번 일수 메모지를 발견하고는 무심코 그런 생각을 했던 것 같습니다. '일수처럼 내가 원할 때 친구를 빌릴 수 있으면 좋겠다.'

「절친대행 - 당신의 친구가 되어드립니다」는 그렇게 시작한 이야기입니다. 소설 속 주인공 재연은 외로움을 많이 탑니다. 혼자 있는 시간을 어떻게 보내야 할지 모르기에 늘 함께 있어줄 누군가를 바랍니다. 자신과 함께 시간을 보내줄, 고독을 잊게 해줄 누군가를요. 그런 주인공에게 '친구를 빌려준다'는 서비스는 말도 안 되는 소리라고 생각하면서도 매력적으로 보일 수밖에 없습니다.

다행히 요즘 저는 혼자 참 잘 지냅니다. 기본적으로 OTT는 끼고 살고요, 책이나 만화도 빼놓지 않고 챙겨봅니다. 머리가 안 돌아간다 싶으면 일부러 인터넷 강의를 수강한다든가 체력을 높이기 위해 조깅도 합니다. 이런 걸 가리켜 '혼자력이 높다'고 하더라고요.

갑자기 당신의 혼자력은 안녕하신지 궁금해집니다. 혼자 있는 시간을 어떻게 보내시나요? 잘 못 지내고 계신다고요? 그렇다면 제가 좋은 서비스를 소개해 드려야겠군요. 절친 대행이라는 서비스가 있는데…….

조영주

2011년 디지털작가상 수상작인 『홈즈가 보낸 편지』로 데뷔한 후 김승옥문학상, 세계문학
상(『붉은 소파』) 등 각종 공모전을 섭렵했다. 추리소설뿐만 아니라 다양한 장르의 소설을
비롯하여 동화, 에세이 등의 분야도 왕성하게 집필하고 있다. 국내외를 넘나드는 앤솔러
지 소설을 기획·출간하는 등 크리에이터로서 영역을 넓혀가고 있다.

두리안의 맛

김

의

경

윤지는 인천 공항에 도착하자마자 전속력으로 달렸다. 비행기는 처음이었다. 어렸을 때 비행기를 타고 제주도에 간 적이 있다는데 기억나지 않았다. 어쨌거나 윤지의 첫 해외여행이었다. 캐리어 가방을 끌고 달리느라 손목이 아팠지만 젖 먹던 힘까지 쥐어짠 덕분에 5분 일찍 도착할 수 있었다. 윤지는 이메일로 일정표를 보내준 가이드 선생을 찾아 인사를 했다. 가이드 선생은 머리가 희끗한 오십 대 남성이었다. 그가 손에 든 종이에서 윤지의 이름을 확인하며 말했다.

"파워블로거 강윤지 님? 반가워요. 나도 강씬데. 강샘이라고 불러요."

그는 어디선가 본 적이 있는 것처럼 친근한 인상이었다. 강샘은 손가락으로 의자를 가리키며 저쪽에서 사람들이 올 때까지 잠시 기다리라고 했다. 윤지는 대기석에 앉아 공항 내부가 보이도록 셀카를 찍어 인스타그램에 올렸다. '방콕행 비행기 타기 전'이라고 적고 해시태그를 달았다. #코로나를뚫고태국여행

금세 하트가 쏟아졌고 댓글도 여러 개 달렸다.

— 여행 가시는 거예요? 부럽. 역시 금수저 윤지 님. 전 요즘 매일 야근인데. 저 대신 잘 놀다 오십셔.

금수저라고? 여행 피드를 주로 올리다 보니 금수저로 보이는 걸까. 윤지는 수정 버튼을 눌러 해시태그를 하나 더 달았다. #공짜여행

이번 팸투어는 코로나 백신을 접종한 사람들에 한해서 허락된 단체 여행이었지만 윤지는 마스크를 여러 개 챙겨왔다. 사실 백신의 효과를 백 프로 믿기도 힘들었다. 윤지는 아직 그 어느 것도 완전히 믿을 수 없었다. 그럼에도 떠나고 싶었다. 부모님은 아직 해외여행은 이르다면서 반대했지만 윤지는 부모님을 설득했다. 윤지는 팸투어 참가를 통해 전 세계가 코로나에서 한 발짝 비켜났다는 것을 자신의 눈으로 확인하고 싶었다.

태국은 2021년 7월, 푸껫 관광 샌드박스를 통해 백신 접종자에 한해 격리 없이 외국인 관광객의 입국을 허용했다. 격리는 해제되었지만 푸껫에서 일주일간 체류해야 했다. 일주일간의 체류가 끝나면 다른 지역으로 이동할 수 있었다. 10월부터는 다른 도

시도 조금씩 개방했다. 11월부터는 코로나 백신 접종 증명서를 갖고 있는 한국을 포함한 63개국의 외국인 관광객이 격리 없이 태국 전 지역을 여행할 수 있게 되었다. 2022년 5월인 지금, 윤지는 한층 여유로운 마음으로 태국 팸투어에 합류했다. 윤지는 이번 팸투어에 참가하기 위해 일찌감치 백신 접종을 마쳤다. 관광 대국인 태국은 코로나로 인해 경제가 위축되어 국민들의 고통이 그 어느 나라보다도 큰 상태였다. 태국관광청은 팸투어를 통해 얼어붙은 여행업계에 활기를 불어넣으려는 모양이었다. 윤지를 포함한 팸투어 참가자는 마음껏 즐긴 뒤 블로그를 비롯한 SNS에 태국 여행을 홍보하면 되었다.

"혹시 윤지 님?"

윤지는 고개를 들었다. 낯선 남자가 밝게 웃으며 말했다.

"반갑습니다. 지그재그예요."

윤지는 그가 내민 손을 잡았다.

"정말요? 반가워요. 저 지그재그 님 블로그 자주 가요."

그는 마스크를 잠깐 벗었다가 다시 쓰며 말했다.

"그래요? 요즘 업데이트 못 했는데. 윤지 님 블로그 잘 보고 있습니다."

윤지의 얼굴이 달아올랐다. 윤지는 지그재그가 팸투어에 함께 간다는 것은 알고 있었지만 그가 자신의 블로그에 방문할 거라는 생각도, 자신을 알고 있을 거라는 생각도 해보지 않았다. 여행 블로거들 사이에서 그는 연예인보다 유명한 존재였다. 윤지는 지그재그가 처음 블로그를 시작한 8년 전부터 그의 블로그 이웃이었다. 지그재그는 중학교 2학년 때부터 해외여행을 시작했다. 그는 전 세계 안 가본 곳이 없었다. 국내여행부터 해외여행까지, 그의 블로그 검색창에 몰디브, 태종대와 같은 도시나 여행지를 넣기만 하면 여행기가 자동으로 흘러나왔다. 그가 찍은 사진들은 작품 사진 같았다. 인스타그램을 가득 메운 사진들도 멋졌지만 그의 진가가 발휘되는 것은 글이었다. 여행 잡지 기자가 쓴 기사보다 그의 블로그에 올라온 여행기가 훨씬 매혹적이었다. 그가 올린 사진과 여행기를 보기만 해도 그곳에 다녀온 착각이 들 정도로 생생했다. 그에 대한 소문은 여행사 사장 아들이라는 소문부터 금수저 한량이라는 소문까지 다양했지만 눈앞의 남자는 지극히 평범해 보였다. 캐주얼한 옷에 야구모자를 눌러쓴 지그재그는 한국에서 흔히 볼 수 있는 대학생의 모습이었다.

"혹시 지그재그 님 여행 관련 취업 준비하세요?"

"아니요. 저에게 여행은 취미에 가까워요. 직업으로 삼고 싶은 일은 따로 있어요. 이쪽과는 완전히 다른 분야예요."

지그재그가 금수저라는 소문은 진짜일까. 고등학교 1학년 여름방학 때 홀로 유럽 배낭여행을 했다는 지그재그. 블로그를 10분만 둘러봐도 이십 대 청년의 블로그라고는 믿을 수 없는 방대한 지식과 다양한 분야에 대한 강렬한 호기심을 느낄 수 있었다. 유튜브는 본격적으로 하지 않는 분위기였지만 이미 20만 명이 넘는 구독자를 보유하고 있었다. 5개국어 구사자인 것으로 모자라 구김살 없는 성격과 몸에 밴 매너까지. 문득 세상은 불공평하다는 생각이 들었다.

윤지의 블로그 방문자 수가 지그재그의 블로그 방문자 수보다 많았지만 그것은 윤지가 방문자 수를 늘리기 위해 안간힘을 썼기 때문이지 순방문자 수는 지그재그가 많을 것이었다. 가만히 있어도 사람이 모여드는 것과 호들갑을 떨어 사람을 모으는 것은 큰 차이가 있었다. 아등바등하지 않아도 되는 것. 그것이야말로 지그재그가 자신과 다른 점 같았다.

"참, 우리 동갑인데 말 놔요."

윤지는 고개를 끄덕이며 말했다.

"그, 그래."

사실 윤지를 여행 블로거라고 하기는 힘들었다. 오히려 맛집 블로거라는 말이 적합할 것이다. 윤지의 블로그는 애초에 일상과 맛집 탐방기를 올리는 평범한 블로그였다. 나중에는 유튜브로 영상도 함께 올렸고 방문자 수가 조금씩 늘었다. 주머니가 가벼운 대학생들이 갈 수 있는 2~3만 원 대의 맛집들을 주로 소개했는데 윤지가 올린 글이 포털 메인에 올라가면서 조회 수가 급증했다. 윤지는 오래지 않아 깨달았다. 자신에게 관종의 피가 흐른다는 것을.

친구들은 이왕 이렇게 된 거 먹방을 해보라고 했지만 입이 짧다 보니 먹방은 무리였다. 대신 남자친구와 데이트하는 과정을 브이로그로 찍어 공개하고 맛집 정보와 영수증을 올렸다. 2년간 사귄 남자친구와 헤어지면서 블로그는 잠시 침체되었지만 윤지는 여자친구와 의기투합해 꾸준히 맛집 블로그를 이어갔다. 차도 없는 여대생이 발품을 팔아 국내 맛집을 탐방하는 과정을 솔직히 올렸고 제법 반응이 좋았다. 전국 맛집을 다니다 보니 국내 여행도 하게 되었다. 여행이야 늘 가고 싶었지만 해외여행을 꿈꿀 순 없는 형편이었다. 그러던 중 전남 여수시에서 열린 파워블로거 팸투어에 초청되어 1박 2일간 참여한 뒤 적은 여행기를 블로그에 실었고 함께 간 블로거들과 함께 공동저자로 책도 출간했다. 이번 일도 비슷한 것이었다. 이번 태국 팸투어 기자단은 파워블로거와 여행 기자들이 닷새 동안 함께 다니면서 태국이 코로나로부터 얼마나 안전한지를 보여주는 것이 목적이었다. 윤지는 공짜 여행에 지원했고 높은 경쟁률을 뚫고 파워블로거 중 한 명으로 선발됐다.

여행을 오기 전부터 설레기 시작했다. 난생처음 여권을 만들었고 캐리어 가방도 장만했다. 국내를 벗어나본 적이 없는 윤지는 삶이라는 컴퍼스의 각도를 넓힌 기분이 들었다.

윤지는 긴장한 채로 탑승구로 들어갔다. 윤지는 강샘의 뒤를 쫓아다녔다. 해외로 나가본 적이 없다 보니 일행을 놓치면 끝장이었다. 강샘도 이번이 첫 해외여행이라는 윤지를 좀 더 신경 쓰는 눈치였다.

비행기 안으로 들어간 윤지는 자신의 자리를 찾아 창가 좌석에 앉았다. 잠시 뒤 머리를 노랗게 염색한 여자가 영어로 말을 걸어왔다. 그녀는 창가 자리가 자신의 자리니 비켜달라고 했다. 윤지는 자신의 티켓을 확인했다. 자신의 자리는 옆자리인 통로 쪽 좌석이었다. 윤지는 한국말로 말했다.

"앗, 죄송합니다."

그러자 여자가 말했다.

"한국 분이세요? 혹시 태국관광청 초청으로 온? 저도 같은 팀이에요."

"정말요? 강윤지예요. 반갑습니다. 아직 학생이고 파워블로거예요."

"아, 그렇구나. 저는 출장 왔어요. 창가 자리가 좋으면 바꿔줄까요?"

윤지는 창가 자리에 앉고 싶으면서도 괜찮다고 사양했다. 여자는 명함을 건넸는데 윤지가 잘 아는 여행 잡지의 기자였다. 이수연. 윤지 앞에 앉은 남자가 뒤돌아 수연에게 인사했다.

"오랜만이네. 거기 요즘 바쁘지?"

수연이 놀라며 답했다.

"요즘 좀 그렇죠. 선배는 여기 웬일?"

"사직서 냈더니 부장이 그 자리에서 찢어버리면서 여행 가서 머리 식히고 오라던데?"

"정말?"

"때마침 여행 담당 기자가 코로나 확진돼서 대타로 가게 됐어."

윤지가 남자에게 고개 숙여 인사하자 그는 윤지에게 명함을 건넸다. 박범수. 그는 종합 일간지 문화부 문학 담당 기자였다. 이곳에 온 사람들은 대부분 윤지처럼 당첨된 기분으로 가는 게 아니라 출장을 가는 모양이었다.

윤지의 눈에 수연은 너무나 매력적이었다. 영어도 잘했지만 뒷자리에 앉은 중국인이 무언가를 물어보자 유창한 중국어로 답했다. 그러고 보니 여기 온 사람들은 자신을 제외하고는 외국어 한두 개쯤은 하는 사람들일 거라는 생각이 들었다. 윤지는 새삼 공짜 여행이라는 행운권에 당첨되었다는 생각이 들면서 여행기만은 최고로 잘 쓰겠다는 의지가 불타올랐다. 윤지는 단 한순간도 놓치지 않겠다는 듯 눈을 부릅떴다. 맛집 블로거인 자신을 뽑아준 것은 음식에 대한 리뷰를 기대하는 것이라는 생각에 기내식도 하나씩 음미하듯 먹고 인스타그램, 페이스북에 세세한 설명과 더불어 올렸다. 첫 해외여행인 만큼 단 하나도 놓치고 싶지 않았다. 윤지는 신라면을 찍어 올리고 해시태그를 달았다. #기내식도신라면이최고

통로를 사이에 두고 윤지의 오른쪽에 앉은 강샘이 말했다.

"윤지 씨, 라면으로 배 채우지 마. 방콕 가면 좋은 거 많이 먹을 거니까."

윤지는 고개를 끄덕이면서도 국물까지 모두 들이켰다. 가방 안에도 신라면이 몇 개 들어 있었지만 어제 집에서 먹던 신라면과는 맛이 달라서 포기할 수 없었다. 윤지는 이것이 바로 여행의 맛이구나 싶었다. 윤지는 수정 버튼을 눌러 해시태그를 하나 더 달았다. #여행의맛

윤지는 음악을 듣다가 인스타그램에 접속했다. 인천공항에서 비행기에 오르기 전에 올린 게시물에는 댓글이 여러 개 달려 있었는데 스파이더맨이라는 아이디가 이런 댓글을 달아놓았다.

— 하루 종일 개같이 일해도 알바에서 벗어나기 힘든데 윤지 님

은 여행을 가시는군요. 저는 대리만족하겠습니다.

비아냥대는 건지 부럽다는 건지 알 수 없었지만 윤지도 댓글을 달았다.

— 언제 시간 내서 떠나시면 좋을 텐데요.

그도 인스타그램에 접속하고 있었던 건지 금세 답글이 달렸다.

— 세상에는 님처럼 운 좋은 사람보다는 하루하루 힘들게 살아가
는 사람이 더 많답니다.
— 너무 부정적으로 생각하는 거 아닐까요? 님도 꿈꾸세요. 님도
갈 수 있다는 꿈을 꾸셔도 될 텐데요. 이런 댓글을 달 시간에
자기 자신에게 몰두하는 게 낫지 않을까요?

윤지는 끝까지 예의를 갖춰 약을 올려줬다. 불쾌했다. 일면식도 없는 사람이 자신의 사적인 공간에 저런 댓글을 다는 것도 싫었지만 윤지 역시 형편이 좋아 여행을 다니는 처지가 아니었기 때문에 억울했다. 자신이 정말 정의의 사도인 스파이더맨이라도 되는 줄 아는 걸까. 코로나 와중에 해외여행이나 다니는 여자를 단죄해야 하는? 그러고 보니 스파이더맨은 생활고에 시달리는 캐릭터였다. 여행기를 쓰는 대가로 무료로 가는 여행이라고 댓글을 달 수도 있었지만 윤지는 왠지 그렇게 하고 싶지 않았다.

윤지는 돈므앙 공항에 내리자마자 사진을 찍느라 분주했다. 팸투어에 참여한 사람들이 한곳에 모였다. 다른 비행기로 왔는지 인천 공항에서도, 비행기에서도 보지 못한 두 명의 남자가 합류했다. 한 사람은 어깨에 카메라를 메고 있었는데 수염이 더부룩했고 한 명은 대조적으로 깔끔한 인상이었다. 무테안경 때문에 인상이 다소 차가워 보였다. 윤지는 털보가 마음에 들지 않았다. 자꾸 윤지를 힐끔거리며 웃는 것 같았다. 윤지는 그가 곁으로 오면 마스크를 코 위로 눌러쓰며 조용히 자리를 피했다. 마치 코로나를 피하듯이.

강샘이 말했다.

"이렇게 일곱 명 외에 호텔에 미리 도착해 있는 사람이 두 명 더 있어요. 네 명, 다섯 명으로 나눠서 다니면 되겠네요."

털보와 무테안경은 윤지를 비롯한 모든 사람에게 명함을 나눠 줬다. 털보의 명함에는 연극연출가, 무테안경의 명함에는 자유기고가라고 적혀 있었다. 오늘 받은 명함만 네 장이었다. 이렇게 많은 사람들에게 명함을 받아본 것이 처음인 윤지는 인맥이 넓어진다는 것이 이런 것인가 생각했다. 그러면서도 이번 여행이 끝나고서 이 사람들과 다시 만날 일이 있을까 싶었다. 문득 여행이란 멋진 풍경을 낯선 사람들과 함께 바라보는 것이 아닌가 하는 생각이 들었다.

강샘이 먼저 털보, 무테안경과 함께 택시에 오르며 박 기자에게 남은 사람들을 잘 인솔해서 오라고 했다. 윤지는 곧이어 도착한 택시에 수연, 지그재그, 박 기자와 함께 올라탔다. 보조석에 탄 박 기자가 택시 운전사에게 G호텔로 가자고 했다.

윤지는 일정표에 나온 호텔 이름을 인터넷에 검색했다. 무려 5성급 호텔이었다. 차창 밖 화려한 조명 아래로 지나다니는 사람들 중에는 마스크를 쓰지 않은 사람도 드문드문 보였지만 대부분은 마스크를 쓰고 있었다. 언제쯤 코로나가 종식될까 생각하니 한숨이 나왔다. 전문가들은 코로나는 종식되지 않을 것이고 풍토병으로 남을 거라고 했다. 결국 코로나와 공존하는 법을 배워야 하는 것이다. 수연이 미간을 찌푸리며 말했다.

"이 사람 지금 일부러 도는 거지?"

지그재그가 말했다.

"그냥 가죠. 첫날부터 싸워서 기분 잡치고 싶지 않아요. 세 바퀴 돌아봤자 얼마 안 하니까요. 추가분 택시비 제가 낼게요."

택시 운전사에게 따질 요량으로 주먹을 불끈 쥔 윤지는 맥이 빠졌다. 수연도 더이상 말하지 않았다. 윤지는 지그재그를 감탄의 눈길로 바라보며 생각했다. 여행을 많이 해본 사람은 역시 다르구나, 소액의 돈 때문에 기분을 상하게 하지 않겠다니. 그러고 보니 방콕은 택시비가 저렴하다는 이야기를 들은 적이 있었다. 윤지는 지그재그가 더 멋져 보였다. 어른스러워 보였다고 할까. 동갑이지만 왠지 자신보다 대여섯 살 많은 것처럼 여겨졌다. 문득 자신의 캐리어가 떠올랐다. 택시 트렁크에 캐리어를 실을 때 택시 운전사가 신음소리를 냈을 정도로 윤지 혼자만 짐을 바리바리 싸왔다. 모두 짐이 단출했고 수연은 심지어 가벼운 배낭 하나였다. 윤지는 이것부터가 자신이 해외여행 초보라는 증거인 것 같아 멋쩍었다.

택시 운전사는 세 바퀴를 돌아 방콕 시내 구경을 시켜준 다음 고급지게 빛나는 건물 앞에 손님들을 내려놨다. 윤지는 택시에서 내려 호텔을 올려다봤다. 엄청나게 높은 건물이었다.

호텔 1층 로비에서 젊은 태국 여자가 팸투어 기자단을 반겼다. 강샘이 말했다.

"이분이 현지 가이드세요. 내일부터 함께 다니면서 태국 곳곳을 안내해 주실 겁니다."

그 옆에는 키가 큰 아줌마가 서 있었는데 강샘과 아는 사이인지 서로 끌어안으며 반가워했다.

"잠깐 여기 주목해 주세요."

태국인 가이드가 교과서를 읽듯이 또박또박 말했다.

"친해질 기회는 많으니까요. 5일 동안 여행하다 보면 자연스럽게 친해질 거예요. 오늘은 첫날이니까 들어가서 쉬세요. 자유롭게 시간 보내시면 됩니다. 저녁은 각자 뷔페 레스토랑에 가서 너무 늦지 않게 드시면 되고요. 내일 아침식사도 편한 대로 정해진 시간에 하시면 됩니다. 코로나가 완전히 끝난 건 아니니까 조심하면서 여행을 즐겨주시면 감사하겠습니다. 내일 아침 9시, 이 자리에서 다시 뵙겠습니다."

윤지는 카운터에서 카드키를 받아 사람들과 함께 엘리베이터에 올라탔다. 세 명의 중국인이 7층에서 내린 뒤 윤지를 포함한 네 명이 10층에서 내렸다. 윤지, 박 기자, 수연, 지그재그는 서로 목례를 하며 편히 쉬라고 말한 뒤 각자의 방을 찾아 흩어졌다.

윤지의 방은 가장 끄트머리에 있었다. 윤지는 두근거리는 가슴에 손을 대며 안으로 들어갔다. 가장 먼저 윤지를 반겨준 것은 과일 바구니였다. 문에서 가까운 탁자 위에 놓인 바구니에는 망고스틴을 비롯하여 태국의 공기와 빛을 머금은 싱싱한 과일이 가득 담겨 있었다.

객실 인테리어는 모던하면서도 고급스러웠다. 둘이 자도 충분한 퀸 사이즈 침대가 놓여 있었으며 방 한가운데에 욕조가 있었다. 윤지는 침대 위에 털썩 몸을 던지며 기쁨의 비명을 내질렀다. 방콕에서 5성급 호텔이라니. 윤지는 한국에서 그 흔한 호캉스 한 번 못 가봤다. 친구들이 호캉스를 가자고 할 때도 이런저런 핑계를 대고 빠졌다. 호텔 숙박권을 준다면서 리뷰를 제안하는 쪽지가 종종 왔지만 무슨 자존심인지 그것만은 늘 거절해 왔다. 소박하고 서민적인 자신의 블로그와 성격이 맞지 않는다고 생각했기 때문이다. 하지만 막상 호텔에 들어와 보니 세상에 이렇게 다정하고 따뜻한, 그리고 안전한 기분이 드는 장소가 또 있을까 싶었다. 낯선 나라에서 여자 혼자 여행을 하면서 신변의 안전을 보장받을 수 있는 장소는 단연코 호텔밖에 없을 것이다. 안전은 돈으로만 보장받을 수 있는 걸까. 코로나는 부자도 피해갈 수 없었다. 하지만 일용직 노동자들은 코로나에 좀 더 노출될 수밖에 없지 않을까. 코로나 확진자는 법률 사무소나 국회의사당보다는 물류 창고라든가 콜센터 같은 곳에서 더 많이 발생했다. 윤지는 밀려드는 생각을 떨쳐내려는 듯 자리에서 일어나 22층에 있는 레스토랑으로 올라갔다.

저녁식사를 하기엔 늦은 시간이었지만 레스토랑에는 사람이 많았다. 접시에 음식을 담아 앉을 곳을 찾는데 홀로 밥을 먹고 있는 수연이 보였다. 윤지는 수연에게 다가가 건너편에 앉았다. 수연은 윤지가 접시를 반도 비우기 전에 먼저 올라가 보겠다고 했다. 수연은 자리에서 일어나며 이렇게 말했다.

"올라가서 기사 써야 해. 두 시간 안에 써서 편집장한테 보내야 하거든."

윤지는 고개를 끄덕이며 어서 올라가 보라고 했다. 그러고 보니 수연과 자신은 이번 여행에 대한 온도 차가 클 거라는 생각이 그제야 들었다. 사실 이렇게 들뜬 사람은 윤지 자신뿐인 것 같았다. 수연에겐 반복되는 '일'일 뿐이고 여러 번 와본 방콕이 대단할 것도 없을 것이다. 저 멀리 창가 쪽 테이블에는 털보와 무테안경이 함께 식사를 하고 있었다. 털보가 윤지를 힐끔거렸지만 윤지는 접시를 비운 뒤 서둘러 자기 방으로 올라왔다.

윤지는 욕조에 물을 받고 입욕제를 꺼내 물에 녹였다. 콧노래를 흥얼거리며 욕조 안에 들어가 이북리더기로 어젯밤에 읽던 소설을 마저 읽었고 그러고도 뭔가 허전하다는 생각을 지울 수 없었다. 윤지는 욕조 밖으로 나와 옷장 안에 있는 가운을 걸친 뒤 유튜브에 올릴 영상을 제작했다. 대도시의 5성급 호텔을 보여주는 흔하디흔한 영상이었다. 전 세계에 체인이 있는 호텔이다 보니 한국 호텔과 크게 다를 것도 없었다. 혼자 낄낄대며 영상을 찍고 나서도 허전한 기분은 가시지 않았다. 윤지는 다시 옷을 걸쳐 입었다. 여행 첫날 혼자서라도 첫 해외여행을 축하하는 축배를 들어야겠다고 생각했다. 첫날이라서인지 피곤한데도 잠이 오지 않았고 그새 배가 꺼져 출출했다.

자정이 넘은 시각, 윤지는 호텔방에서 빠져나와 엘리베이터에 올랐다. 이 밤에 깨어 있는 사람이 윤지만은 아닌 모양이었다. 1층에서 회전문을 통과하는 지그재그가 보였다. 윤지는 지그재그 뒤에서 잠시 따라 걸었다. 혹시 여자친구와 태국에서 만나기로 한 게 아닐까. 그런 생각이 들 만큼 그는 멋지게 차려입었다. 얼굴이 상기되어 보이기까지 했다. 인파에 묻혀 걷다 보니 지그재그를 잃어버렸고 윤지는 고개를 이리저리 돌리며 원래 목적지인 편의점을 찾았다. 조금씩 호텔에서 멀어지자 낮에는 친근해 보이던 거리가 어두침침해 보였다. 목줄도 없이 이리저리 배회하는 개들도 밤이 되자 눈빛이 번득거렸으며 지나다니는 외국 남자들과 눈이라도 마주치면 섬뜩했다. 홀로 여행 온 여자가 실종됐다든가 성폭행을 당했다든가 하는 흉흉한 일들만 떠올랐다.

그때 누군가 윤지의 팔을 건드렸다. 먹거리를 파는 상인이었다. 그는 윤지에게 과일을 한 조각 건네며 먹어보라고 했다. 그 순간 윤지는 트럭 밑에서 나오는 커다란 개를 보고 놀라 소리를 질렀다. 갑자기 사람들이 모여들었다. 거친 인상의 태국 상인 두 명이 뭐라고 말하며 윤지에게 다가왔다. 그들의 말을 알아들을 수 없었으므로 더욱 겁이 났다. 어서 이 자리에서 벗어나야겠다고 생각한 순간 익숙한 언어가 들려왔다.

"여기서 뭐 해?"

지그재그였다. 윤지는 눈물이 날 정도로 그가 반가웠다.

"괜찮아요?"

지그재그 옆에 선 남자가 물었다. 지그재그가 말했다.

"내 친구."

지그재그가 자신의 친구에게 윤지를 소개했다.

"이 친구는 강윤지라고 팸투어 같이 온 친구야."

윤지는 지그재그의 친구에게 살짝 고개 숙여 인사한 뒤 말했다.

"괜찮아요. 그냥 정신이 없어서요. 무슨 개가 이렇게 많죠?"

"태국엔 떠돌이 개가 많아요. 태국은 불교 국가라서 살생을 함부로 하지 않는대요. 개가 돌아다녀도 그냥 두는 모양이에요."

낯선 나라에서 만난 낯선 남자의 말투가 너무 다정해서 눈물이 날 것 같았다. 그는 유창한 한국어를 구사했지만 억양이 어색한 것을 보면 한국인은 아닌 것 같았다. 윤지는 휘휘 손을 저으며 말했다.

"어서 가던 길 가세요. 저는 곧 호텔로 돌아갈 거예요."

가라고 한 건 자신인데 윤지는 멀어지는 그들의 뒷모습을 보자 눈물이 날 것처럼 슬펐다. 그들은 깍지 껴 손을 잡고 있었다.

윤지는 정신을 다잡으며 앞만 보고 걸었다. 차들이 달리는 도로 건너편에 세븐일레븐이 보였다. 이국땅에서 만난 익숙한 브랜드의 편의점이 이렇게 반가울 줄이야. 신호등이 바뀌었을 때 윤지는 길을 건너 편의점 안으로 들어갔다.

태국 편의점도 한국 편의점과 크게 다를 게 없었다. 윤지는 편의점 내부를 구경하다가 와인과 맥주, 리치 맛이 나는 마시는 젤리, 코코넛 음료, 태국 라면을 사들고 호텔로 돌아왔다. 호텔방에 들어가자 아늑한 기분이 들며 긴장이 풀렸다.

윤지는 객실에 들어서자마자 사진 찍기 좋은 장면을 연출했다. 자신의 돈으로는 꿈도 못 꾸던 고가의 여행을 자랑하고 싶은 마음도 없지 않았지만 취업을 하면 한동안 해외여행 같은 건 꿈도 못 꿀 것이므로 사소한 것도 기록으로 남기고 싶었다. 레드 와인을 반쯤 채운 와인 잔을 한 손에 들고 방콕 야경을 배경으로 한 장, 넓은 객실 안에 있는 비누 거품이 올라오는 욕조를 배경으로 또 한 장 셀카를 찍었다. 출국 전날 큰맘 먹고 네일숍에서 네일아트 받은 손톱이 보이도록 하는 것도 잊지 않았다. 윤지는 어플을 이용해 좀 더 뽀얗게 만들어 인스타그램에 올렸다. #방콕G호텔 #코로나도어쩌지못한방콕야경

윤지는 사진을 찍기 위해 구입한 와인을 세면대에 흘려보낸 뒤 맥주를 마시다가 언제 잠들었는지도 모르게 잠들었다.

이튿날 윤지는 눈을 뜨자마자 벌떡 일어났다. 1층 로비에서 모이기로 한 시간이 10분밖에 남지 않았다. 주량보다 많이 마신 탓에 알람을 듣지 못했다. 윤지는 양치와 세수만 하고 바람처럼 아래로 내려갔다.

성급히 내려온 것이 무색하게도 1층에는 인원이 아직 반도 모이지 않았다. 털보와 무테안경이 로비에 놓인 소파에 앉아 있었다. 털보는 카메라를 만지작거렸고 무테안경은 스마트폰을 보고 있었다. 털보가 윤지에게 알은체를 했다.

"잘 잤어?"

윤지는 털보를 힐끔 쳐다봤다. 언제 봤다고 반말인지. 그러면서도 여행이란 것이 그런 것인지도 모르겠다고 생각했다. 일상에서 벗어나 격식을 벗어던지고 처음 만난 사람과 오랫동안 알고 지낸 사이처럼 지내는 것인지도. 윤지는 이곳에서는 좀 더 관대해지기로 했다. 타인은 물론 자기 자신에게도. 윤지는 그를 향해 고개를 가볍게 끄덕였다. 여유로운 발걸음으로 다가오는 지그재그가 보였다. 윤지는 그에게 손을 흔들어 인사했다. 어젯밤 친구와 인파 속으로 사라졌던 지그재그는 평온한 표정이었다. 박 기자와 수연은 15분이나 늦었는데도 담소를 나누며 천천히 걸어왔다. 인원이 모두 모이자 태국인 가이드가 말했다.

"이제 체크아웃하고 꼬창으로 갈 거예요. 꼬창은 코끼리 섬이라는 뜻입니다. 다섯 시간 정도 소요됩니다. 꼬창은 아름다운 섬이에요. 상대적으로 덜 알려져 있으니 깨알홍보 부탁드립니다."

'깨알홍보'라는 말에 윤지는 웃음이 났다.

모두들 일찍 일어나 식사를 하고 온 걸까. 윤지는 가방에서 초콜릿을 꺼내 입안에 넣으며 대기 중인 밴에 올라탔다. 보조석에 앉은 강샘과 강샘의 뒷자리에 앉은 아줌마는 간간이 대화를 나눴다. 윤지는 두 사람이 서로를 '원성 오빠', '정희'라고 친근하게 부르는 것으로 보아 대학 시절 동아리 선후배 사이가 아닐까 생각했다. 두 사람을 제외하고는 어젯밤 모두 늦게 잠들었는지 대부분 귀에 이어폰을 꽂은 채로 눈을 감고 있었다. 윤지도 조금씩 졸렸다. 윤지는 시선을 창밖으로 던졌다. 차에서 자는 잠이 달콤하다지만 난생처음 방문한 태국에서 차창 밖 풍경을 놓칠 순 없었다. 윤지는 눈꺼풀을 밀어올리며 창밖을 내다보다가 스마트폰을 켜고 인스타그램을 훑어봤다.

어제 약을 올려준 뒤로 조용하길래 더이상 윤지의 인스타그램을 보지 않는 줄 알았는데 스파이더맨이 이번엔 와인 잔 밑에 댓글을 달아놨다.

— 여행지에서 사고 조심하세요. 저는 어제 죽을 뻔했어요. 일하다가 하마터면 지게차에 치일 뻔했답니다. 윤지 님은 운 좋은 사람이니까 불행도 피해가겠지만요.

대체 뭐 하자는 거지? 사고가 나라고 저주를 퍼붓는 걸까. 불쾌했다. SNS에는 다양한 사람이 존재했다. 연륜이 쌓인 파워블로거답게 윤지는 크게 신경 쓰지 않는 편이었다. 웬만해선 가볍게 넘기는 법도 알았다. 차단해 버릴까 하다가 윤지는 처음으로 그의 인스타그램을 방문했다.

그의 프로필 사진인 '붉은색과 푸른색이 섞인 슈트를 입고 벽에 붙어 있는 스파이더맨 그림'을 무심코 클릭한 순간, 윤지는 가슴이 철렁였다. 그가 가장 최근에 올린 사진은 어지러운 현장 사진이었는데 바닥에 피가 고여 있었다. 글을 읽어보니 함께 일하는 동료가 다친 모양이었고 그는 크게 화가 난 듯했다. 회사에선 사고를 동료의 잘못으로 돌리고 산재 처리에 협조해 주지 않는 모양이었다. 지나간 게시물도 훑어봤다. 그의 일터에서 코로나 확진자가 나온 것 같았고 그는 일자리를 잃을까 봐 걱정하고 있었다. 상자가 수북이 쌓인 물류 창고를 배경으로 찍은 셀카 밑에 이런 글이 적혀 있었다.

> ― 코로나 따위 두렵지 않다. 하지만 코로나 때문에 일자리를 잃는 것은 두렵다.

얼굴에 심술이 덕지덕지 붙어 있을 거라고 생각했는데 그는 지그재그처럼 평범해 보이는 인상이었다. 그 순간, 윤지의 몸이 크게 들썩이면서 차가 멈춰 섰다. 운전기사는 차를 한쪽에 세우고 밖으로 나갔다. 그를 따라 차에서 내린 강샘은 차 안에 있는 사람들에게 타이어가 펑크 난 것 같다고 했다. 운전기사는 트렁크에서 스페어타이어를 꺼내 갔다.

그가 타이어를 다 갈고 운전석에 오를 때까지 윤지는 가슴이 두근거렸다. 하마터면 크게 다칠 수도 있었다. 차 안은 분위기가 냉랭했다. 윤지는 이것이 마치 스파이더맨 때문인 양 몸을 부들부들 떨었다. 운전기사는 사과를 할 생각이 없어 보였다. 별일 아니란 듯이 다시 시동을 걸고 차를 몰았다. 사과를 한 건 태국인 가이드였다. 그녀는 한국어로 몇 번이나 죄송하다고 말했다. 강샘도 태국인 가이드에게 눈을 흘겼다. 모두들 화가 난 기색이었지만 굳이 나서서 화를 낼 기력은 없어 보였다. 공짜 여행인 데다가 어쨌든 다친 사람이 없었으므로 분위기를 망칠 순 없었다. 게다가 운전을 한 태국인은 영어도 한국어도 하지 못하는 것 같았다. 그가 운전을 하면서 간헐적으로 내뱉는 짧은 태국어는 마치 욕

설처럼 들렸다. 수연이 밀짚모자를 눌러쓰며 투덜댔다.

"하마터면 골로 갈 뻔했네."

차가 다시 달리는데도 윤지는 공포가 가라앉지 않았다. 무슨 운전을 그렇게 하냐고 따지고 싶었지만 윤지는 입을 앙다물었다. 차는 아무 일 없다는 듯이 한참을 달렸고 뒤에 오던 차가 윤지가 탄 밴을 추월했다. 픽업트럭 적재함에 앉은 태국 소녀들은 장난기가 동했는지 다 같이 마스크를 벗어 한 손에 들고서 손수건 흔들듯이 기자단을 향해 흔들었다. 눈이 큰 단발머리 소녀는 윤지와 눈을 맞추고 웃었다. 소녀들은 중학생 정도 되어 보였다. 적재함에 앉은 모습이 위험해 보였지만 소녀들의 표정은 천진하기만 했다. 소녀들의 미소 덕분에 불쾌감이 잦아들었다. 윤지는 눈이 큰 소녀에게 손을 흔들어준 뒤 잠을 청했지만 불안감에 잠이 오지 않았다. 윤지의 뒤에 앉은 털보는 수치심도 없이 자신의 이혼한 전처에 대한 험담을 늘어놨다.

뜨랏 선착장에 도착한 윤지는 백인 커플의 부탁으로 사진을 찍어줬다. 히피처럼 차려입은 두 사람은 깊이 사랑에 빠진 듯 서로에게서 눈을 떼지 않았다. 그때 누군가 윤지의 어깨를 툭 치고 도망갔다. 털보였다. 그는 차 안에서도 윤지와 눈이 마주치면 능글맞게 웃었고 자꾸만 장난을 치려 했다. 마흔이 넘은 남자가 마치 마음만은 스물다섯 살이라는 듯이 구니 당황스럽기도 했지만 짜증이 났다. 윤지는 버럭 화를 내려다가 표정 관리를 했다. 공짜 여행을 온 것이니 분란을 일으키고 싶지 않았고 조용히 자신의 임무를 완수하고 싶었다.

크고 마른 개가 윤지에게 다가왔다. 개는 윤지가 앉은 벤치 밑에 배를 깔고 엎드렸다. 태국에서는 어디를 가든 사람을 피하지 않는 개를 만날 수 있었다. 윤지는 배에 오르기 전에 벤치 밑에서 느긋하게 잠을 청하는 개를 찍어 인스타그램에 올렸다. #개팔자 상팔자

페리 호에 탑승한 윤지는 털보에게서 멀찍이 떨어져 앉았다. 강샘이 꼬창까지 40분 정도 걸린다고 하자 박 기자는 꼬창이 상대적으로 덜 알려진 것은 교통이 불편해서인 것 같다고 했다. 수연은 뱃멀미를 하며 짜증을 냈지만 윤지는 여기까지의 과정이 험난해서인지 더욱 꼬창에 대한 기대감이 피어올랐다.

윤지는 배 난간에 서서 셀카를 찍는 수연에게 다가갔다.

"언니, 바다 너무 예뻐요. 에메랄드빛 바다는 처음 봐요."

윤지는 바다를 향해 양팔을 펼치며 웃었다. 뜨랏까지 오는 길에 올라온 분노가 바닷바람에 휩쓸려간 것인지 기분이 상쾌했다.

"그렇게 예뻐? 나는 태국에 자주 와서 그런지 잘 모르겠는데. 여행 와서 이렇게 좋아하는 사람도 오랜만이다."

수연이 얼굴 위로 흩날리는 노란 머리칼을 손으로 쓸어 넘기며 말했다.

"다시 잘 봐봐. 부산 바다하고 크게 다르지 않아."

윤지는 눈을 부릅뜨며 말했다.

"아니에요. 달라요. 아주 달라요."

부산 바다라니. 마음만 먹으면 당일치기로 다녀올 수 있는 부산 바다와 같아서는 절대로 안 되었다. 힘들게 오게 된 여행이어

서일까. 에메랄드도 이보다 아름다울 순 없었다. 수연이 웃으며 말했다.

"하긴. 나처럼 생각한다면 누가 여행을 하겠어. 나도 처음엔 그랬던 거 같은데."

"전 여기 와서 여행가가 되겠다고 결심했어요. 그동안은 막연히 생각만 하고 있었는데 언니하고 박 기자님 만나서 생각이 굳어졌어요. 여행 작가가 될지 여행 기자가 될지 그것까진 결정 못했지만 여행을 즐기면서 먹고살 거예요. 꼭."

지그재그는 윤지의 말에 말없이 고개를 끄덕였다. 수연은 시선을 저 멀리 수평선에 둔 채로 새로운 사실을 알았다는 듯 말했다.

"여행가는 여행을 즐기면서 먹고사는 사람이구나."

여행가를 사전에서 찾아본 적은 없었지만 여행가는 그런 사람이 아닐까, 윤지는 막연히 생각했다. 수연이 웃으며 말했다.

"그럼 난 여행가가 아니네."

옆에서 바다 사진을 찍던 박 기자가 말했다.

"어떤 일이든 그렇지. 업이 되어버리면. 나도 문학 담당 기자 하기 전엔 책 좋아했어."

"여행가를 꿈꾸는 사람 앞에서 너무한 거 아니야?"

윤지의 뒤에 다가와 선 사람은 털보였다. 손에 과자와 음료를 든 무테안경도 일행에게 다가오고 있었다. 털보가 능글맞게 웃으며 말했다.

"첫 해외여행으로 방콕과 꼬창은 환상적인 장소야. 윤지는 운이 좋은 거야."

윤지는 자신도 모르게 털보를 보며 얼굴을 찌푸렸다. 털보가 무테안경의 손에서 음료를 건네받아 윤지에게 건넸다. 낯선 사람이 건네는 음료는 먹지 않는 것을 원칙으로 하고 있었지만 윤지는 감사하다고 말한 뒤 음료를 받아 한 모금 마셨다. 윤지는 두 남자가 불편했다. 그들은 다른 사람들과는 다르게 시간이 지나도 익숙해지지 않았다. 수연은 얼른 안으로 들어오라는 말을 남기고 먼저 자리로 돌아갔다.

꼬창은 여유로운 자태로 윤지를 맞아주었다. 코로나가 무엇인지 모른다는 듯 자연은 홀로 도도하게 아름다웠다. 윤지는 아름다운 섬으로 설레는 발걸음을 내디뎠다. 이틀간 머물게 된 리조트는 길을 잃을지도 모른다는 생각이 들 정도로 넓고 화려했다. 짐을 푼 숙소도 윤지 혼자 지내기엔 지나치게 넓은 풀 빌라였다. 모든 빌라 앞에는 작은 수영장이 있어서 한밤중에도 수영을 즐길 수 있었다. 이웃 빌라의 투숙객인 중년의 백인 부부는 수영을 하고 있었다. 윤지는 안으로 들어가기 전에 그들에게 이곳에 머문 지 얼마나 되었느냐고 물었다. 백인 여자는 두 달 동안 머물렀다고 했다. 그녀는 태국에서 보낸 휴가가 만족스럽다면서 한 달 더 머물다가 돌아갈 계획이라고 했다. 백인 남자가 자신들은 방콕에서 한 달간 지내다가 꼬창으로 왔다면서 다음 달에는 푸껫으로 가서 석 달 동안 지낼 생각이라고 했다. 윤지는 왠지 씁쓸했다. 매일 아르바이트를 하며 바쁘게 사는 사람들이 있는가 하면 이런 곳에서 반년을 머물 수 있는 사람들도 있다니.

윤지는 빌라 안으로 들어가 스파이더맨의 인스타그램에 접속했다. 그의 인스타그램에는 붕대를 감은 손목 사진이 올라와 있었다. 동료가 다친 날 그도 다쳤던 걸까. 누군가 사진 밑에 단 댓글과 그가 달아놓은 답글이 보였다.

— 다치신 거예요?
— 운이 좋았어요. 저는 이 정도로 끝났지만 함께 일한 친구는 큰 부상을 입었거든요. 아직 입원 중 ㅜㅜ

윤지는 좀 더 구체적으로 물어볼까 하다가 핸드폰을 내려놨다. 구체적으로 안다고 해도 윤지가 할 수 있는 일은 없었다.

윤지는 풀 빌라로 들어가 사진을 찍었다. 신혼부부가 많이 오는 리조트인지 침대 위에는 수건으로 접은 코끼리가 한 쌍 놓여 있었다. 방콕 호텔에서처럼 탁자 위에는 과일 바구니가 놓여 있었고 탁자 밑에는 불을 붙여 연기로 모기를 쫓는 모기향과 눈금으로 체중을 측정하는 아날로그 체중계가 놓여 있었다. 윤지는 방콕보다 꼬창이 마음에 들었다. 대도시 방콕과 다르게 꼬창은 정감이 있었다. 리조트 직원들은 영어에 서툴렀지만 얼굴에 푸근한 미소가 가득했고 맑은 공기 덕분인지 기분이 상쾌했다. 윤지는 밖으로 나가 풀 빌라 독채 사진을 찍고 다시 안으로 들어와 모기향에 불을 붙여 아날로그 체중계 위에 놓은 뒤 사진을 찍어 인스타그램에 올리며 해시태그를 달았다. #꼬창풀빌라 #아날로그감성

윤지는 옷을 갈아입고 모이기로 한 장소로 나갔다. 꼬창의 유명 식당에서 식사를 한 뒤 인근의 다른 섬을 돌아보고 스노클링

을 한다고 했다. 그리고 저녁에는 반딧불이를 보러 간다고 했다. 윤지는 반딧불이가 가장 기대되었다. 반딧불이라니. 그런 건 애니메이션에서나 볼 수 있는 것인 줄 알았다.

태국은 먹거리 천국이었다. 길거리에서 사 먹은 코코넛 아이스크림, 망고밥도 맛있었고 일정표에 적힌 식당에서 먹은 음식은 모두 훌륭했다. 꼬창의 유명 식당에서는 다 같이 기다란 식탁에 둘러앉아 아무리 먹어도 질리지 않는 수북이 쌓인 음식을 먹었다. 불쾌했던 기억과 부정적인 감정을 모두 씻어갈 만큼 훌륭한 식사였다. 윤지는 태국에서 먹은 음식 이름을 모두 기억할 순 없었지만 어느새 자극적인 태국 음식에 익숙해졌다. 똠양꿍과 고수를 하루라도 먹지 않으면 허전했다. 디저트로는 두리안이 나왔다. 구린내가 나는 듯했지만 고소하고 달콤한 과육이 입안에서 부드럽게 녹았다. 윤지는 언젠가 자신이 다시 태국에 온다면 아마도 똠양꿍과 고수, 두리안의 맛을 못 잊어서일 거라고 생각했다. 윤지가 선정한 태국 대표 음식은 두리안이었다. 윤지는 먹음직스러운 두리안을 손에 들고 사진을 찍어 올렸다. #두리안의맛

생애 첫 스노클링을 앞두고 윤지는 한참을 망설였다. 막상 물에 뛰어들려니 두려웠다. 바닷속 풍경을 보고 싶다는 욕심과 물에 대한 공포심이 뒤섞여 이러지도 저러지도 못한 채 장비를 갖추고도 갑판 위에 엉거주춤 서 있었다.

"심호흡을 하다가 편안해졌을 때 뛰어내려. 나 먼저 갈게."

지그재그가 배에서 뛰어내린 뒤 윤지의 몸도 빨려 들어가듯이 첨벙, 물 위로 떨어졌다. 누군가 뒤에서 민 걸까. 누구일까 생각하

기도 전에 윤지는 눈앞의 광경에 정신을 빼앗겼다. 윤지를 빙 둘러선 물고기들이 잠시 윤지를 관찰하더니 이내 흥미를 잃었다는 듯이 흩어졌다. 수연은 구명조끼 없이 컬러풀한 비키니를 입고 물고기처럼 유영했다. 구명조끼를 입은 윤지는 깊이 들어가 보지도 못하고 얕은 곳에서만 놀았다. 다음번에는 제대로 스킨스쿠버를 배워서 오겠다고 다짐하며 물속을 구경했다.

그런데도 윤지는 전 세계 섬을 찾아다니며 스노클링을 하면서 살고 싶다고 생각했을 정도로 스노클링에 반했다. 이런 꿈을 꾸면 안 되는 걸까. 취업도 하지 못한 현재로선 허황된 꿈이었다. 또다시 스파이더맨 생각이 났다. 물고기 떼 위로 붕대를 감은 그의 손목이 겹쳐졌다. 그의 손목이 한 마리 열대어처럼 헤엄치더니 윤지 주위를 빙빙 돌다가 멈춰 섰다. 윤지는 그것으로부터 도망치듯이 구명조끼를 벗어 던지고 일행이 있는 곳으로 다가갔다. 잠영하며 아래로 내려가 산호를 만진 순간 누군가 윤지에게 바짝 달라붙어 장난을 쳤다. 털보였다. 갑판에서 등을 민 것도 이 사람일까. 윤지는 놀라서 발버둥쳤고 박 기자가 그를 윤지에게서 떼어냈다. 물속에서 본 그는 사람이라기보다는 기이할 정도로 못생기고 혐오스러운 물고기 같았다.

배 위로 올라온 윤지는 얼굴을 찡그리며 그에게 화를 냈다. 그는 머리를 긁적이며 물고기 흉내를 낸 거라면서 미안하다고 했다. 한바탕하려던 윤지는 가까스로 화를 억눌렀다. 짜증이 나서 눈물이 조금 났다. 털보는 눈치도 없이 윤지에게 스노클링이 그렇게 무서웠느냐고 말했다. 윤지는 만약 자기 돈을 내고 온 여행이었다면 절대로 그냥 넘어가지 않았을 거라고 생각하며 심호흡을 했다. 강샘과 정희 아줌마는 한 시간이 지나도록 바닷속에서 나오려 하지 않았다. 그들은 윤지가 보지 못하는 바닷속 깊은 곳을 보고 있음이 틀림없었다. #스노클링꿀잼

다시 숙소로 돌아와 잠시 휴식을 취한 뒤 반딧불이를 보러 갔다. 통통배도 두 팀으로 나눠 탔다. 윤지와 수연, 지그재그, 박 기자는 같은 배에 올라탔다. 깊숙이 들어가자 칠흑 같은 어둠 속에서 반딧불이가 몸을 밝혔다. 모두 반딧불이를 촬영했지만 윤지는 핸드폰을 내려놨다. 윤지는 마스크를 벗고 숨을 깊이 들이마셨다. 이 시간만큼은 방해받고 싶지 않았다. 리뷰어로서가 아니라 여행가 강윤지로서 반딧불이를 마주하고 싶었다. 이 장면은 자신의 눈동자에만 아로새기고 싶었다.

윤지가 숙소로 돌아왔을 때 옆 빌라의 백인 부부는 빌라 앞에 놓인 테이블에 앉아 와인을 마시고 있었다. 그들은 와인을 나눠주겠다며 윤지에게 잔을 가져오라고 했다. 윤지가 빌라 내부에 비치된 와인 잔을 건네자 백인 여자는 화이트 와인을 반쯤 채워줬다. 윤지는 빌라 안으로 들어가 가방 안에서 신라면을 두 개 꺼내와 부부에게 건넸다.

다음 날 첫 일정은 코끼리 트레킹이었다. 차에서 내려 산을 걸어 올라가자 코끼리들이 보였다. 털보가 말했다.

"꼬창에 왔으면 코끼리를 타야지."

코끼리들은 계속해서 두 사람씩 등에 태우고 산행을 나갔다.

윤지가 올라탈 코끼리가 다가오고 있었다. 코끼리 등에는 백 킬로그램이 넘어 보이는 거대한 체구의 남자 두 명이 올라타 있었는데 그들은 낄낄대며 즐거워했다. 윤지는 코끼리를 타고 싶지 않았지만 여행기를 써야 하니 타지 않을 수도 없었다. 윤지는 무테안경 옆에 붙어 서며 말했다.

"저하고 같이 타요."

윤지는 수연에게 남녀가 짝을 이뤄 타는 것이 좋을 것 같다고 말했다. 건장한 남자 둘이서 타면 코끼리가 힘들 것 같아 조금이라도 무게가 덜 나가게 하기 위해서였다. 수연과 털보를 태운 코끼리가 떠난 뒤, 무테안경이 먼저 코끼리 위로 건너가 안장으로 얹어둔 고무 발판 위에 얹힌 의자에 앉았다. 그러고는 윤지에게 손을 내밀었다. 윤지는 망설이다가 그의 손을 잡고 후들거리는 다리를 들어 무테안경 옆자리에 올라탔다. 코끼리의 목에 올라탄 조련사는 어린 시절부터 코끼리와 함께 자란 사이인지 코끼리와 아주 친해 보였다. 조련사는 코끼리의 귀를 만지거나 몸을 어루만지며 장난을 쳤다.

트레킹이 시작되었다. 코끼리 위에서 주변을 둘러보니 제법 스릴이 있었다. 그런데 안정되게 걷던 코끼리가 갑자기 멈춰 서서 방향을 틀었다. 코끼리는 경로를 이탈해서 수연과 털보가 탄 코끼리와 멀어지며 다른 방향으로 걷기 시작했다. 윤지가 조련사에게 말했다.

"어엇, 코끼리가 왜 이러죠?"

조련사도 당황한 것 같았다. 조련사는 코끼리의 머리를 막대기로 쿡쿡 찌르며 방향을 바꾸려 했지만 코끼리는 앞만 보고 빠르게 걸었다. 윤지는 자신도 모르게 코끼리를 응원했다. 달려! 도망쳐!

"어어어어……! 어떻게 좀 해봐요. 어서 코끼리를 멈추게 해요!"

무테안경이 조련사에게 소리쳤다. 겁에 질린 윤지는 의자 손잡이를 꼭 붙든 채로 눈을 감았다. 결국 코끼리는 멈춰 섰고 숨을 거칠게 몰아쉬었다. 코끼리는 다시 돌아가기 싫다는 듯 나무 밑에 가만히 서 있었다. 윤지는 코끝이 찡했다. 코로나가 기승을 부리는 동안은 일을 쉬었을 텐데. 그러고 보니 코끼리는 코로나가 종식되는 것을 원치 않을지도 모르겠다는 생각이 들었다. 조련사는 정성껏 코끼리를 달래 정해진 경로로 돌아왔다. 다시 돌아와 묵묵히 제 일을 하는 코끼리의 등 위에서 윤지는 갑자기 귀가 막힌 듯 소리가 잘 들리지 않았다. 코끼리에게 감정 이입이 된 윤지에겐 세상에서 가장 슬픈 트레킹이었다. 코끼리를 타는 것은 〈정글북〉 같은 만화영화에서 본 것처럼 낭만적이지 않았다. 만화영화 속에서 코끼리와 사람은 교감했지만 현실 속 코끼리 트레킹은 동물 학대로 여겨질 뿐이었다. 윤지가 무테안경에게 물었다.

"코끼리 불쌍하지 않아요?"

그가 안경을 만지작거리며 말했다.

"힘들게 일하는 건 불쌍하지만 코끼리가 일하지 않으면 안락사시키는 수밖에 없을걸요. 코끼리 먹이는 데 드는 돈을 누가 감당해요. 안 그래도 코로나 때문에 코끼리들이 아사할 뻔했다던데. 사람들이 코끼리를 타려 하지 않으면 쓸모가 없어질 거예요. 죄책감 가질 거 없어요. 우리가 코끼리를 도와주는 거니까."

일리가 있는 이야기였다. 코끼리를 타러 오는 사람이 없으면 이 많은 코끼리는 굶어 죽을 것이었다. 윤지는 코끼리를 위해 트레킹을 즐기기로 했다. 하지만 코끼리 등에서 내리기 전, 윤지의 마음은 한 번 더 내려앉았다. 발밑에 놓인 고무 발판 옆으로 흘러나온 코끼리의 피가 윤지의 눈에 들어왔다. 피와 진물이 나는 등 위에 그대로 발판을 올리고 영업을 하고 있는 것이다. 윤지는 팸투어고 뭐고 간에 다 그만두고 풀 빌라에 틀어박히고 싶었다.

찜찜한 기분이 화이트샌드비치까지 따라왔다. 일행은 비치 인근 도로에 있는 마사지숍으로 안내되었다. 그곳에는 마사지사 다섯 명이 나란히 앉아 있었는데 생각보다 연령대가 낮았다. 중년 여성이 두 명, 앳되어 보이는 마사지사가 세 명이었다. 강샘이 마음에 드는 마사지사 앞에 가서 앉으라고 했다. 윤지는 망설이다가 빈자리에 가서 앉았다.

"어서 오세요."

그녀는 태국 사람들이 으레 그렇듯이 기분 좋게 웃으며 윤지를 반겼다. 윤지는 그녀의 해맑은 미소에 오늘 받은 스트레스가 녹아내리는 것 같았다. 한국어를 하는 것을 보니 이곳에는 한국인 관광객이 많이 방문하는 모양이었다.

그녀가 윤지의 등 위에 올라타 마사지를 하기 시작했다. 그녀의 손길은 어린 학생의 손이라고 믿기엔 놀라울 정도로 섬세했다. 등을 더듬는 손길이 마음까지 뻗어 들어가 뭉친 근육을 풀어준 것처럼 우울한 감정이 사라지면서 몸과 마음이 개운해졌다. 털보는 그곳에서도 윤지의 심기를 건드렸다. 그는 윤지의 마사지가 끝나길 기다렸다는 듯이 같은 마사지사에게 마사지를 부탁했는데 윤지에게 한 것처럼 마사지사가 그의 등 위에 올라가 마사지를 할 때 이상한 신음소리를 냈다. 윤지는 마사지사의 손을 잡아 일으켜 세워 그로부터 분리하고 싶었지만 어린 마사지사는 프로답게 끝까지 정성 들여 마사지를 했다.

마사지가 끝난 뒤 윤지는 어린 마사지사에게 몇 살이냐고 물었다. 열일곱이라니. 생각보다 더 어려서 윤지는 내심 놀랐다. 마사지하는 것이 힘들지 않냐고 묻자 그녀는 공부보다 마사지하는 것이 더 재밌다고 했다. 활달하게 웃으며 답해서 공부만 하기도 부족한 때에 마사지를 하는 그녀를 안쓰럽다고 생각하는 것은 실례라는 생각이 들었다. 십 대 마사지사는 사소한 것에도 크게 웃었는데 팁을 받으려고 친절히 대하는 것이겠거니 생각하면서도 그녀의 미소에 기분이 좋아졌다. 누가 뭐래도 억지로 웃는 웃음 같진 않았다. 그녀의 미소만 그런 게 아니었다. 호텔 직원들은 물론이고 식당이나 리조트에서 만난 태국인들은 관광객들과 눈을 맞추고 환히 웃었다. 그들의 미소에서 위로를 얻은 윤지로서는 직업적인 미소라고 해도 기꺼이 그들에게 팁을 쥐여주고 싶었다. #환상적인로컬마사지숍

윤지는 일행과 함께 모래알이 하얗게 빛나는 화이트샌드비치에 위치한 술집에서 불 쇼를 감상하며 음악을 듣고 칵테일을 마셨다. 윤지는 습관적으로 해시태그를 달고 사진을 올렸다. #화이트

　화려한 불 쇼를 구경하는 윤지의 마음은 미지근하게 가라앉고 있었다. 낯섦과 설렘, 들뜸과 불편함으로 뒤범벅된 공짜 여행이 끝나가고 있었다.

　리조트에서는 꼬창에서의 마지막 밤이라면서 간단한 술자리를 마련해 줬다. 내일 다시 방콕으로 돌아가 첫날 머물렀던 호텔에 짐을 풀고 디너크루즈에 참가한 뒤 이튿날 한국행 비행기를 탄다고 했다. 윤지는 머릿속에 블로그에 올릴 여행기의 전체적인 그림을 그렸다. 하지만 그 순간 머릿속에 떠오른 건 빙빙 도는 택시 운전사와 펑크 난 타이어, 피와 진물이 흐르는 코끼리 등, 남성 관광객의 등 위에 올라탄 어린 마사지사와 같은 편집해야 할 장면들이었다. 자신의 돈으로 맛집을 탐방한 뒤 리뷰를 올릴 때는 배설감과 통쾌함마저 느꼈건만. 윤지는 절대로 봐주지 않았다. 아무리 유명한 식당이어도 아니다 싶으면 느낀 대로 솔직한 혹평을 쏟아부었다. 받은 돈이 없으니 어느 누구의 눈치를 보지 않아도 되었다. 윤지는 그동안 고집스레 지키고 있던 블로거로서의 정체성이 훼손된 느낌이었다. 윤지는 거지가 된 기분이었다. 블로거지. 공짜 여행을 통해 배운 교훈은 세상에 공짜는 없다는 사실이었다.

　털보는 거나하게 취했다. 무테안경을 붙들고 불분명한 발음으로 떠들었다.

　"태국은 다 좋은데 게이가 너무 많아. 트랜스젠더도 많고. 하이힐에 미니스커트 입은 남자가 거리를 활보해. 꼭 그렇게 벌거벗고 다녀야 해?"

지그재그의 미간이 찌푸려졌다. 강샘이 털보에게 말했다.

"김 선생님, 이제 들어가서 주무세요. 많이 취하셨네."

털보는 고개를 끄덕였지만 들어갈 생각이 없어 보였다. 지그재그는 리조트에 투숙 중인 신혼부부에게서 빌렸다는 기타를 손에 들고 연주하기 시작했다. 모두 기타 선율에 맞춰 노래를 부를 때 털보가 윤지의 귓가에 대고 말했다. 혀가 꼬여 발음이 분명하지 않았지만 그는 이렇게 말하고 있었다.

"윤지야, 인생 선배로서 해주고 싶은 말이 있어. 인습과 윤리에 억눌리지 말고 자유롭게 살아. 한 번뿐인 인생, 인생이라는 무대 위에서 자유롭게, 히피처럼. 그게 진정한 여행가지."

윤지는 뜨랏 선착장에서 마주쳤던 히피 복장의 백인 커플을 떠올리며 히피처럼 사는 삶이란 어떤 걸까 생각했다. 여행가로서의 삶은 그런 걸까.

화이트샌드비치의 술집에서도 입에 술을 대지 않던 수연이 웬일로 맥주를 두 잔이나 마셨다. 무슨 심각한 대화를 하는지 박 기자는 수연의 말을 경청하며 고개를 끄덕였다. 윤지가 수연에게 말했다.

"언니, 한국 가면 저 다시 만나줘야 해요. 저는 꼭 언니하고 박 기자님처럼 여행가가 될 거거든요."

수연이 웃으며 답했다.

"그래 연락해. 서울에서 보면 기분이 또 새롭겠다. 여행 기자 생각 있으면 우리 회사 구경시켜 줄게."

윤지는 주거니 받거니 술을 마시고 있는 강샘과 정희 아줌마에게 다가갔다.

"그런데 두 분 무슨 사이예요?"

윤지가 묻자 강샘이 말했다.

"우리는 오래전에 스킨스쿠버 동호회에서 만났어. 알고 지낸 지 벌써 26년이네."

"스킨스쿠버요?"

아줌마가 말했다.

"26년이나 됐나? 그러고 보니 윤지 씨만 할 때 만났네."

"정말요? 그때부터 여행에 미치신 거예요?"

강샘이 말했다.

"스킨스쿠버에 미쳤다고 해야겠지. 스킨스쿠버를 하다 보니 스노클링도 하게 됐고. 처음엔 국내 여행지를 찾아다니다가 태국에도 가게 됐지. 태국 바다에 반해버렸어. 이 친구는 태국 바다 쫓아다니다가 태국 남자하고 결혼했고. 이 친구 20년 된 온라인 태국 여행 카페 매니저야."

"오빠는 가이드가 됐고. 우리는 1년에 한 번 태국 바닷속에서 만나는 친구 사이야."

"97년에 코끼리 쇼를 처음 봤지."

윤지는 그들의 대화를 들으며 여행은 만남이구나, 하고 중얼거렸다. 어쩌면 여행은 일탈이나 불연속성이 아니라 만남과 인연, 연속성에 가까운 것인지도 모르겠다는 생각이 들었다.

윤지는 수연과 지그재그, 박 기자에게 다가가 차례로 술잔을 채워줬다. 윤지는 술김에 지그재그에게 물었다.

"너 혹시 금수저야?"

지그재그가 어이없다는 듯 웃으며 말했다.

"그럴 리가. 부모님이 내게 물려준 건 방랑 기질밖에 없어."

윤지는 잇몸을 드러내며 웃었다. 방랑 기질이라면 자신에게도 있는 것 같았다.

술자리는 금세 파했다. 수연은 일을 해야 한다며 가장 먼저 일어났다. 윤지는 강쌤의 스킨스쿠버 강의를 안주 삼아 맥주를 몇 잔 더 마시다가 자리에서 일어났다. 괜찮다고 하는데도 털보는 휘청거리는 몸으로 윤지를 숙소까지 데려다주겠다고 설레발을 쳤고 박 기자가 그를 막아서며 말했다.

"제 숙소하고 가까우니까 제가 데려다줄게요."

박 기자는 풀 빌라까지 가는 길에 말했다.

"저 사람들 3년 전에 베트남 팸투어에도 따라왔었다던데……"

박 기자는 무슨 말을 더 하려다가 말았다. 그는 윤지의 숙소 앞에서 문단속 잘하라는 말을 남기고 떠났다.

갑자기 비가 내리기 시작했다. 힘없는 빗줄기 때문에 누군가 우는 것처럼 청승맞게 느껴졌다. 윤지는 침대에 누웠다가 몸을 일으키고 앉아 창밖을 내다봤다. 그때 문 긁는 소리가 들렸다. 문을 살짝 열자 코난의 코가 보였다. 코난은 종을 알 수 없는 순하고 큰 개로 리조트에 살았다. 본명이 코난인지는 알 수 없지만 옆 빌라에 투숙 중인 부부가 코난이라고 부르는 것을 들었다. 코난은 관광객에게 지켜야 할 예의를 아는지 빌라 안으로 들어오려

하지 않았다. 윤지는 문밖으로 나가 테이블 앞에 놓인 의자에 앉아 코난의 등을 쓰다듬었다. 코난은 잠시 윤지의 발밑에 엎드려 있다가 다른 숙소 쪽으로 건너갔다.

윤지는 가방 깊숙이 넣어둔 수영복을 꺼냈다. 피부색과 비슷해서 동네 수영장에는 입고 가지 못한 옷이었지만 낯선 나라의, 자신만의 풀 빌라에서는 괜찮을 거라고 생각했다. 쓸데없는 고독을 느끼는 대신 낯선 나라에서 비를 맞으며 수영하는 추억을 만들기로 했다. 윤지는 수영복을 착용하고 수영장에 들어가 물에 몸을 반쯤 담근 채로 셀카를 찍어 올린 뒤 해시태그를 달았다. #비오는날의수영

작은 수영장이지만 평영으로 10분 동안 수영을 하고 나자 심장이 기분 좋게 뛰었다. 그때 수풀 속에서 무언가가 움직였다. 코난일까? 윤지는 물 밖으로 나와 커다란 수건을 몸에 두른 뒤 수풀 쪽으로 다가갔다. 무테안경이었다. 윤지의 온몸에 소름이 돋았다. 그는 개처럼 몸을 낮춘 채 그곳에 숨어 있었다. 윤지가 숨을 몰아쉬며 말했다.

"여기서 뭐, 뭐 하시는 거예요?"

놀란 윤지는 몸이 굳었고 목소리가 목구멍에 막힌 듯 잘 나오지 않았다. 그는 오른손에 와인 병을, 왼손에는 두리안을 들고 있었다. 그가 윤지의 몸을 눈으로 훑으며 말했다.

"그, 그냥 좋은 술인데 혼자 먹기 아까워서요."

그는 많이 취한 것 같았다. 윤지는 지금 눈앞에 있는 사람이 털보가 아니라 늘 옆에서 일정 거리를 유지했던 무테안경이라는

사실이 더욱 소름 끼쳤다. 그가 윤지를 따라 빌라 안으로 들어오며 말했다.

"외롭지 않아요? 이런 여행은 다 좋은데 너무 외로워. 풀 빌라에서 혼자 지내라니."

그 순간 윤지가 깨달은 건 이 여행 이후로 자신을 끈질기게 따라다녔던 외로움을 이 순간만큼은 공포심 때문에 느낄 수 없다는 사실이었다. 그가 풀린 눈으로 말했다.

"잠도 안 오는데 좀 더 대화하고 싶어서요."

윤지가 울부짖듯이 말했다.

"제발 나가주세요. 지금 당장!"

윤지는 자신도 모르게 핸드폰을 집어 들고 112를 누르려 했지만 이곳은 한국이 아니었다.

"지금 안 나가면 프런트에 전화할 거예요. 당장 나가요."

그는 그제야 정신이 들었는지 경직된 얼굴로 말했다.

"미, 미안해요. 나갈게요."

그는 뒷걸음질 치며 사라졌다. 탁자 위에는 그가 놓고 간 두리안이 놓여 있었다. 윤지는 그것이 무슨 더러운 물건이라도 되는 양 탁자 밑에 내려놨다. 윤지는 흥분을 가라앉힌 뒤 불쾌감을 휘발시키기 위해 수영을 좀 더 할까 생각했지만 그가 다시 올까 봐 밖으로 나갈 용기가 나지 않았다.

깊은 밤, 출출해진 윤지는 탁자 밑에 굴러다니는 두리안의 껍질을 벗겼다. 가시투성이 껍질을 힘겹게 칼로 잘라 부드러운 과육을 입에 넣었다. 투박한 생김새와 다르게 두리안의 맛은 언제

나 환상적이었다. 꼬창에서의 마지막 날은 엉뚱하게도 잠과의 사투였다. 윤지는 밤새도록 굳게 잠근 문을 노려보며 자다 깨다를 반복했다. 윤지는 흘러내리는 눈꺼풀을 들어올리며 다시는 공짜를 탐내지 않겠다고 중얼거렸다.

이튿날, 무테안경은 아무것도 기억하지 못하는 것처럼 행동했다. 윤지는 불쾌했지만 방콕의 디너크루즈 일정까지 미소 띤 얼굴로 참석했다. 찜기가 된 것처럼 몸 안의 뜨거운 기운을 조금씩 밖으로 내보내며 분노를 다스렸다. 바닷바람을 맞으며 선상에서 식사를 하는 도중 노을이 지기 시작했다. 윤지의 몸을 가득 메운 불쾌감과 상관없이 주변을 가득 메운 노을의 아름다움은 압도적이었다. 지금이 우기가 아닌 것이 조금 아쉬울 뿐이었다. 우기일 때 태국의 노을은 장관이라고 들었다. 그래도 눈앞의 노을은 태어나서 본 그 어떤 노을보다 아름다웠다. 윤지는 이 순간을 놓치지 않겠다고 다짐했다. 어쩌면 자기 인생에서 가장 사치스러운 아름다움일지도 모르니까.

모두가 곯아떨어진 귀국 비행기 안에서 윤지는 잠이 오지 않았다. 간밤에도 잠을 설쳤는데 왜 이리 정신이 또렷한지 알 수 없었다. 그러고 보니 이번 여행에서는 단 하루도 편히 잠들지 못했다. 윤지는 마침 지나가는 스튜어디스에게 신라면을 가져다 달라고 말했다. 윤지는 라면을 기다리면서 스파이더맨의 인스타그램에 접속했다. 한 시간 전에 올라온 동영상 속에서 그는 박스를 옮기는 중이었다. 손에 붕대를 감은 채로 짐을 나르는 그의 모습을 동료가 찍은 것 같았는데 현장의 분주한 분위기가 이곳까지 전해졌다. 윤지는 잠시 망설이다가 댓글을 달았다.

　　— 공짜 여행 별로였어요.

여행하는 동안 SNS에 올린 첫 진심이었다.

코로나가 시작된 이후로 나도 모르게 '가성비'를 생각하며 지낸 것 같다. 누군가를 만나는 것도 어려워지고 이런저런 시공간적 제약이 생기니 가장 만나고 싶은 사람을 만나 좋아하는 장소에서 시간을 보냈다. 내게 가성비 좋은 일이란 하고 나서 후회하지 않아도 되는 일, 시간 낭비를 했다는 생각을 하지 않아도 되는 일이었다.

'가격 대비 성능의 비율'의 준말인 '가성비'는 언뜻 계산적인 말 같지만 감정과 연결한다면 꼭 그렇지도 않은 것 같다. 감정은 정확히 가격을 매길 수 없기 때문이다. 가성비를 생각할 때 우리는 자신도 모르는 새 감정을 염두에 둔다. 좋아하는 사람과 먹은 음식은 맛있게 여겨지고 싫어하는 사람과 먹은 음식은 끔찍하게 느껴지듯이 감정이 상하면 가성비는 떨어진다. 제아무리 고가의 여행일지라도 불쾌하고 힘들었다면 손해를 본 느낌이 들 것이고 가성비 좋은 여행이라고 할 수 없을 것이다. 윤지는 방콕행 비행기에 오를 때만 해도 '가성비 갑' 여행이라고 확신했을 것이다. 하지만 블로거로서의 정체성과 맞바꾼 고가의 태국 여행은 스스로를 '블로거지'라고 느끼게 만들었으니 오히려 가성비 마이너스 여행, '가성비 을' 여행이 되어버렸다.

소설의 시간적 배경은 2022년 5월이지만 이 소설은 2021년에 썼다. 근미래를 시간적 배경으로 설정하고 쓴 소설인 셈이다. 정작 2022년 5월에는 코로나 상황이 더욱 악화되어 해외여행을 가기 힘들어질지도 모르지만 소설에는 코로나가 종식되길 바라는 작가의 마음이 담겨 있다.

몇 년 전에 다녀온 태국 여행을 떠올리며 소설을 썼다. 여행을 그리 즐기는 편이 아니었지만 코로나가 시작되면서 해외여행을 가고 싶다는 생각이 간절해졌다. 갈 수 없다고 생각하니 더욱 가고 싶었다. 코로나가 잠잠해져서 마스크를 벗고 거리를 활보할 수 있을 때 한 번 더 태국 땅을 밟아보고 싶다. 오랜 시간 기다려 떠나는 태국 여행은 분명 '가성비 갑'일 테니까.

김의경

2014년 《한국경제》 청년신춘문예에 장편소설 『청춘 파산』이 당선되며 등단했다. 2018년 장편소설 『콜센터』로 제6회 수림문학상을 수상했다. 소설집 『쇼룸』을 썼다. 그 외 공저 단편집 『당신의 떡볶이로부터』 등이 있다.

빈집 채우기

이

진

여기를 언제 다 채우지?

농담 삼아 한 말에 그는 짐짓 심각한 표정으로 그러게, 중얼거렸다. 처음 집을 보러 왔을 때 비좁아 보였던 19평 아파트는 이전세입자의 살림살이를 싹 들어내 놓으니 광각렌즈로 한껏 늘려찍은 부동산 어플의 홍보용 사진처럼 광활해 보였다.

그와 나의 결혼 준비 과정은 비교적 순조롭게 진행되었다. 양가 상견례는 적어도 겉으로는 별 탈 없이 마무리 지어졌고 코로나 바이러스 사태 여파 덕에 사진 잘 나오기로 유명한 예식장을 파격가에 예약할 수 있었으며, 별 기대 없이 찾아갔던 결혼 박람회장에서 괜찮은 스드메 업체와 계약을 성사했고, 청첩장과 하객답례품 주문도 잘 마쳤으며, 신혼여행 패키지 예약도 나쁘지 않은 가격으로 할 수 있었다. 마지막으로 신혼집 전세 계약을 마치고 인테리어 공사까지 끝냈으니 이제 남은 일은 웨딩 촬영 날까지 내 몸무게를 2킬로그램 더 줄이는 것과 신혼집에 놓을 혼수를 장만하는 일뿐이었다.

결혼을 준비하면서 마음 상하는 순간이 한 번도 없는 것은 아니었지만, 결혼 자체를 재고할 만큼 결정적인 문제는 없었다. 아직까지는. 이보다 더 나은 선택지가 있을지도 모른다는 생각을 한 적이야 있지만 어차피 그런 생각은 결혼뿐만이 아니라 대입이나 취업 등 인생의 필요 불가결한 통과의례를 치를 때마다 따라붙는 사족이었다.

인터넷 포털 사이트에는 '웨딩고시'라는 이름의 결혼 준비 카페가 있었는데 그곳에는 상견례하기 좋은 레스토랑부터 신혼집 화장실 타일 업체까지 결혼에 필요한 모든 정보들이 집대성되어 있었다. 결혼이 결정되자마자 나는 웨딩고시 카페 가입부터 했다. 그곳에서 가장 인기 좋은 게시물은 몇 년 전 한 회원이 직접 만들어 올려놓은 결혼 준비 예산안 체크리스트 엑셀 파일이었다. 나도 그 엑셀 파일을 다운받아 잘 써먹었다. 카페에서 읽은 누군가의 말마따나 결혼 준비는 회사에서의 업무 프로젝트 진행과 똑같았다. 기획안을 짜고, 예산을 마련하고, 지루한 협의와 수정 과정을 거친 끝에 최초 기획안에서 한참 다운그레이드된 최종안이 나온다. 그러한 과정에서 상사들, 결혼에서는 양가 부모님들의 의견이 중대변수로 작용하며, 예컨대 벤치마킹 대상, 즉 다른 예비부부들은 어떻게 결혼하고 만족하는지 온라인과 오프라인으로 끊임없는 모니터링을 해야 한다.

골머리 앓을 일로 가득한 결혼 준비 과정에서 혼수 장만은 거의 유일하게 신바람 나는 대목이었다. 혼수 장만은 기본적으로 쇼핑이되, 좀처럼 만져볼 일 없는 목돈을 짧은 기간 정당하게 펑펑 써도 되는 초대형 쇼핑이었다. 빈집에 물성을 지닌 것들을 차곡차곡 채워 넣는 쾌감, 둘이 함께 살 집에 신접살림을 장만하는 달콤함은 인생에서 한 번뿐인 신선한 경험이었다.

가벼운 흥분 상태로 시작한 혼수 장만은 남자친구와 가구 보러 가는 날을 잡는 단계부터 삐걱거리기 시작했다. 그도 나도 회사에 매인 몸이고 특히나 그는 야근이 잦은 업종인지라 날을 맞추는 것도 보통 일이 아니었다. 인터넷에서 주문해도 상관이야 없지만 값나가는 가구는 직접 눈으로 확인하고 앉아도 보고 누워보기도 해야 나중에 귀찮은 일이 조금이라도 줄어들 것이었다.

우리가 혼수를 장만할 때 가장 중요하게 따지는 조건은 가성비였다. 대형 가전제품은 인터넷 가격 비교 사이트만 들여다보아도 동일 모델 가격이 적게는 몇만 원에서 심하게는 수십만 원까지 차이가 나는 탓에 정신 바짝 차려야 했고, 그릇이나 이불 같은 자질구레한 살림살이는 선택의 여지가 끝도 없었다. 나는 아침저녁으로 인터넷에 접속해 나날이 정교해지는 알바들의 홍보 포스팅에 섞인 진짜 정보를 솎아내고 기혼자 친구들에게 상담을 청하며 심혈을 기울였다.

먼저 우리는 대형 가전제품부터 알아보기로 했다. 금요일 저녁 그와 나는 그의 집 근처에 있는 대형 마트의 가전제품 코너에서 만났다.

"드럼이 낫지 않아?"

세탁기를 구경하다가 그가 불쑥 물었다. 나는 고개를 저었다.

"겨울 이불 빨려면 통돌이가 낫지."

"그래?"

어느 틈에 직원이 기척도 없이 우리 옆에 따라붙었다. 세탁기에 이어 건조기를 구경하는데 그가 고개를 갸웃거렸다.

"건조기까지 필요한가?"

"오빠 코인 세탁소에서 건조기 써본 적 없어? 먼지며 보풀이며 싹 제거되고, 얼마나 편한데."

"그건 아는데. 가정용 건조기는 전기식이라 전기세 많이 나오지 않나?"

"아유, 고객님. 그건 옛날이야기구요. 구형 모델들은 전기세가 조금 나왔는데 이제는 한 달에 2만 원 안짝으로 나와요."

직원이 부리나케 끼어들었다. 이의를 제기한 사람은 그이지만 직원은 오매불망 내 얼굴만 쳐다보며 말했다. 나는 우리 신혼집 뒷 베란다를 머릿속에 그려보며 세탁기와 건조기가 차지할 공간을 어림잡아 보았다. 확실히 뒷베란다가 많이 비좁아질 것 같았다.

"마침 내일까지 행사 기간이라서 추가로 10퍼센트 할인 들어가시고요……"

우리는 간절하게 이어지는 직원의 설명을 대강 흘려들으며 가

격 비교 사이트에서 통돌이형 세탁기의 모델 번호를 검색해 보았
다. 인터넷 최저가 제품과 무려 40만 원 이상 가격 차이가 났다.

"가격 많이 차이 나?"

"응. 완전 많이 차이 나."

스마트폰을 보며 속삭이는 그와 나에게 직원은 기세가 한풀
꺾인 표정으로 말했다.

"인터넷은 개인 업체들이니까요. 저희는 본사 직영점이라 사용
하시다가 문제 생기면 애프터서비스도 확실하게 받으실 수 있고
요. 개인 업체들은 아무래도 그런 면에서는…….'

"에이, 통돌이 구조가 얼마나 단순한데 고장이 나겠어요? 애프
터서비스 받을 일 없어요."

그가 대놓고 피식거리자 직원은 머쓱하게 입을 다물었다. 나는
내심 속 시원해하며 그의 옷소매를 잡아당겼다. 통돌이 세탁기는
인터넷으로 사기로 했고, 이제는 냉장고와 인덕션을 구경할 차례
였다.

"잠깐만."

그의 목이 뜬금없는 방향으로 돌아갔다. 그의 시선을 사로잡
은 곳은 노트북 코너였다. 내가 뭐라 하기도 전에 그의 몸은 이미
그쪽으로 향하고 있었다. 나는 하는 수 없이 그를 쫓아가며 따져
물었다.

"오빠 노트북 필요해?"

"그냥 온 김에 보는 거지 뭐."

노트북은 우리의 혼수 목록에는 포함되어 있지 않은 품목이

었다. 그가 신형 노트북을 자세히 들여다보며 미스터리 쇼퍼라도 된 양 진지한 비평을 늘어놓는 동안 나는 스마트폰을 흘끔거리며 어, 응, 괜찮네, 하고 대강 맞장구를 쳤다.

"다 봤어?"

"응. 이제 우리 뭐 하면 돼?"

천진난만하게 묻는 표정에 나는 아연해졌다. '뭐 하면 돼?'라니, 그걸 지금 몰라서 물어? 쏘아붙이고 싶은 마음을 눌러 참으며 대답했다.

"뭐 하긴? 냉장고랑 인덕션 보러 가야지. 시간 되면 텔레비전도 보고."

"어, 알았어."

그는 늘어지게 하품을 하더니 어깨를 펴고 목을 좌우로 돌리며 스트레칭을 했다.

"아, 그거 하지 말랬지. 택시 기사 아저씨 같다니까."

나는 질색하며 잔소리를 퍼부었다. 그는 순종적인 아이처럼 눈을 껌벅이더니 태평스레 말했다.

"그나저나 배 안 고파? 밥부터 먹자."

우리는 패스트푸드점에서 밥을 먹었고, 건조기는 포기하기로 합의했다. 통돌이 세탁기와 인덕션은 인터넷에서 주문하기로 했고, 냉장고는 때마침 코스트코에서 괜찮은 모델을 특가로 팔고 있어 싸게 건질 수 있었다. 이제 남은 가전제품은 텔레비전뿐이었다. 토스터, 전자레인지, 전기 포트 등 자잘한 물건들은 각자 쓰던 것을 활용하거나 친한 친구들에게 결혼 선물로 요청하기로 했다. 우리는 주말마다 도시 안팎의 가구 매장을 순례했다. 3D 모델링 일러스트처럼 예쁘게 가공한 가구 매장 안에서 보면 이것도 좋아 보이고 저것도 집에 있으면 괜찮을 것 같아 보였다.

"혼수 장만은 다 했어?"

"거의 다 되어가. 처음에는 재미있었는데 이제는 그냥 대충 사고 후딱 끝내고 싶어."

"그렇지? 원래 그래."

빙그레 웃는 친구의 무릎 위에서 아기가 엉덩방아를 찧으며 놀다가 찻상에 놓인 딸기를 향해 통통한 팔을 필사적으로 뻗었다. 내가 딸기를 한 알 집어주자 냅다 낚아채 입으로 가져갔다. 저러다 목메면 어쩌나 걱정이 들 만큼 힘차게 딸기를 뭉그러뜨리며 꿀떡 삼키고 득달같이 또 하나를 움켜쥐는 아기의 생명력에 감탄과 공포심이 함께 일었다. 친구는 물티슈로 아기의 입가를 닦으며 내게 물었다.

"딸기 더 먹을래? 치즈케이크 줄까?"

"됐어, 배 터지겠다."

정색하며 손을 내저었지만 친구는 벌써 일어나 부엌으로 가고 있었다.

친구는 나의 기혼자 친구들 중 제일 결혼 잘한 부류에 속하는 친구였다. 친구의 남편은 금수저라 부르기에 손색없는 집안의 둘째 아들로 고소득 전문직으로 분류되는 스펙을 지닌 남자였다. 물론 친구도 빠질 것 없는 집안의 잘난 딸이었기에 성사된 결혼

임은 두말할 것도 없는 일이었다.

친구는 첫 아이를 낳은 뒤 잘 다니던 직장을 그만두고 전업주부가 되었다. 공부할 때도 일할 때도 최고를 추구했던 친구는 육아와 살림도 완벽하게 해냈다. 친구의 아이들은 최고의 환경에서 엄마와 베이비시터 할머니의 살뜰한 보살핌을 받고 자라 건강하고 예쁘고 똑똑했으며 친구의 집은 그림처럼 깔끔하고 세련되게 가꾸어졌다. 둘째를 낳은 뒤 친구는 취미 삼아 어린이를 위한 유기농 간식 레시피와 살림살이 팁을 올리는 인스타그램을 운영했는데, 시작하자마자 팔로워 수천 명을 넘겼다. 요즘에는 협찬이나 광고를 제안하는 쪽지를 자주 받는다고 웃는 친구를 보며 나와 친구들은 역시 잘난 애는 무슨 일을 해도 잘 해내는구나, 하고 감탄을 멈추지 못했다.

예전에는 결혼한 친구들의 삶이 딴 세상일처럼만 느껴졌는데 결혼이 내 일이 되니까 자연스러운 공감대가 생겨났다. 물론 서울에서도 집값 비싸기로 손안에 꼽히는 동네의 40평대 신축 아파트에서 사는 친구와 수도권 귀퉁이의 19평형 구축 아파트 전세 거주자인 나의 삶을 동등하게 칠 수는 없을 테지만.

나는 아기를 어르며 친구네 집을 구경했다. 탁 트인 거실의 무게중심을 잡아 주는 초대형 곡면 텔레비전을 위시해, 매해 기승을 부리는 미세먼지 걱정에 방마다 설치한 공기 청정기, 최신형 무선 청소기와 로봇 청소기, 엉덩이에 닿는 촉감만으로도 고급스러움이 느껴지는 소파와 애교스러운 이케아 찻상을 아기자기한 프레임에 끼워진 아기 사진들이 보호하듯 감싸고 있었다. 나는 개방형 발코니의 통유리 너머로 펼쳐진 한강 풍경을 내려다보며 이 집은 올해 몇억이나 더 올랐을까, 덧없이 생각했다.

"먹을 만해?"

친구는 귀퉁이에 골드림이 둘린 빈티지 접시에 치즈케이크를 보기 좋게 담아 초콜릿 소스까지 정성껏 뿌려 내왔다. 케이크는 먹을 만한 정도가 아니라 카페에서 파는 것 뺨치게 맛있었지만 점심식사부터 과일이며 과자며 끝도 없이 대접을 받은 덕에 배가 터질 것 같았다. 나는 대충 먹는 시늉만 하며 친구에게 물었다.

"나 부엌 구경해도 돼?"

"구경할 게 뭐 있다고."

친구는 흔쾌히 허락했다. 친구는 브랜드 아파트 특유의 유행하는 부엌 디자인이 실제로 사용하기에는 불편한 점이 많다며 흠을 잡았지만, 내가 살 신혼집의 근대 생활사 박물관에 전시될 법한 부엌에 비하면 돼지우리와 별 다섯 개짜리 호텔방만큼 차이가 났다.

"이 프라이팬 무쇠 팬이야? 무겁지 않아?"

"엄청 무겁지. 그 대신 관리만 잘하면 평생 쓸 수 있어."

"우리는 둘 다 요리 초보잖아. 그래서 그냥 코팅 팬 적당한 것 사려는데."

"잘했어. 원래 코팅 팬은 저렴한 것 사서 막 쓰다가 코팅 벗겨지면 새걸로 갈아타는 거야."

"알았어. 그나저나 너네 캡슐 머신 진짜 좋다. 우리도 저렴이로 하나 살까 고민 중인데…… 관리하기 어렵지 않아?"

"매번 청소하는 게 귀찮기는 하지. 우리 집은 오빠가 눈 뜨자마자 에스프레소 못 마시면 큰일 나."

친구를 붙들고 이것저것 캐묻다가 전부터 물어봐야지 했던 것이 뒤늦게 떠올랐다.

"있잖아, 가전제품 중에 이거 안 샀으면 어쩔 뻔했나 싶은 거 딱 하나만 추천해 줄 수 있어?"

"와, 어려운 질문이네."

친구는 철학적 난제에 맞부딪힌 학자처럼 진지하게 중얼거렸다. 나는 친구의 부엌에 도열한 가전제품들을 바라보며 살림의 여왕께서는 과연 어떤 물건을 추천할 것인가를 추리해 보았다. 빨래 건조기일까, 아니면 음식물 쓰레기 처리기일까?

"식기세척기."

친구는 비장한 표정으로 말했다.

"이제는 이거 없이 어떻게 살았는지도 기억이 안 나."

"그릇은 잘 씻겨? 볶음 요리 해 먹은 그릇은 잘 안 씻긴다던데."

"언제적 얘기를 하세요, 손님. 식세기 돌리는 게 손설거지보다 훨씬 위생적이거든요. 열풍으로 싹 말려서 유리잔에 물자국도 안 남고……."

친구는 식기세척기 문을 활짝 열어젖힌 채 가전제품 매장 직원처럼 자세히 설명하기 시작했다.

"식기세척기를 사자고?"

그는 결혼을 미루자는 말이라도 들은 것처럼 두 눈을 휘둥그레 떴다. 나는 식당 테이블 서랍에서 수저를 꺼내며 애매하게 중얼거렸다.

"살까 말까 고민 중이야."

"우리가 집밥을 얼마나 자주 해 먹을 거라고 식세기를 사?"

그는 내가 꺼내준 젓가락으로 차사이를 집어 먹으며 피식거렸다. 나는 최대한 침착하게 말했다.

"오빠 올해 건강검진에서 당화 혈색소랑 콜레스테롤 위험군 떴잖아. 결혼하면 가능한 집밥 해 먹고 살기로 했던 거 기억 안 나?"

"그래도…… 둘이 사는데 식세기까지 필요한가. 가뜩이나 부엌도 좁은데."

그는 여전히 마뜩잖은 기색이었다.

"어차피 오빠는 설거지도 잘 안 하잖아."

"엥? 내가 언제. 너네 집 갈 때마다 매번 설거지하고 오는데."

소인, 억울하옵니다! 하고 외치는 역사 드라마 속 머슴처럼 항변하는 그가 우스웠다. 하지만 이 타이밍에 웃음은 금물이다. 나는 정색을 하고 말했다.

"배달 용기 물로 대충 씻는 게 무슨 설거지야. 오빠 자취방에 설거짓거리 산더미처럼 쌓아 놓고 살면서."

"야, 내가 언제 매번 그랬냐. 그건 야근하느라 며칠 쌓여서 그렇게 된 거고."

"그러니까. 그 쌓인 설거짓거리 식세기로 한 번에 싹 돌리면 얼마나 편하고 좋겠어. 그치?"

나는 유리잔에 맥주를 따르며 생글생글 웃어 보였다. 그가 마지못해 물었다.

"그래서 식세기가 얼만데?"

득달같이 스마트폰을 들고 인터넷 가격 비교 사이트에 올라온 식기세척기 목록을 보여주며 본격적인 설명 겸 설득을 시작하려는데, 그의 시선은 스마트폰 화면에 채 1초도 머무르지 않았다. 대신 그는 내가 따라 놓은 맥주를 훌쩍 들이켜더니 큰소리를 쳤다.

"에이, 과하다. 그 돈이면 그냥 플스 파이브 사지."

"뭐? 오빠 플스 있잖아. 게임기 이미 있는데 뭐 하러 또 사?"

"에이, 그건 플 포고. 포랑 파이브는 완전 달라. 플스 파이브는 포 케이 블루레이도 볼 수 있다고."

어째서 이 시점에 뜬금없이 게임기 이야기가 튀어나오는 것인지? 그는 내게 되물을 틈을 주지 않고 말했다.

"쓸 일도 없는 물건 사는 것보다는 게임기가 낫잖아. 안 그래?"

"식세기 쓸 일이 왜 없어? 밥해 먹을 때마다 쓸 텐데. 집들이할 때, 부모님들 오실 때도 잘 써먹을 텐데?"

"플스도 집들이할 때 완전 필요하지. 너도 플스 좋아하면서 왜 그래."

"내가 언제?"

"우리 집에서 자주 같이 플스 게임 했잖아. 막 소리까지 지르면서 했던 거 기억 안 나?"

"기억 안 나거든."

정말로 기억이 나지 않는 건 아니었지만 나는 딱 잘라 쏘아붙였다. 에이, 하고 실실거리는 그를 똑바로 바라보며 말했다.

"플스는 안 돼. 우리 처음부터 게임기나 태블릿 피시 같은 개인 용품은 혼수 목록에 넣지 말기로 했잖아. 오빠도 동의했고."

대답이 좀처럼 들려 오지 않았다. 쳐다봤더니 그는 기분이 상했을 때 짓는 특유의 속 터지는 표정으로 숯불 위에서 돌아가는 양꼬치를 지긋이 노려보고 있었다. 한참만에 볼멘소리가 흘러나왔다.

"그래, 알았어."

그러면 그렇지. 나는 아주 조금 누그러진 기분으로 그에게 양꼬치를 발라주려고 손을 뻗었다. 순간 그가 안경 너머로 비장한 눈빛을 쏘며 선언했다.

"그 대신 식세기도 안 돼."

……초딩이니?

우리는 양꼬치 만 오천 원어치가 숯검댕이가 될 때까지 식기세척기와 게임기를 놓고 입씨름을 벌이다 끝내 결론을 내지 못한 채 각자의 집으로 돌아갔다.

최신형 게임기를 살 수 없다면 식기세척기도 살 수 없다며 눈에는 눈, 이에는 이 식의 논리를 펼치던 그의 불퉁스러운 얼굴을 떠올리자 속이 뒤집어졌다. 심지어 최신형 플스 게임기는 내가 봐둔 식기세척기보다 10만 원 넘게 비쌌다. 게임기만 산다고 끝인가? 게임 소프트웨어도 사야 하는데 그 물건은 하나에 5~6만 원씩 하는 사치품이었다. 애초에 비교할 가치도 없는 문제 아니야. 저 혼자만 갖고 놀 게임기를 혼수 목록에 넣으려는 게 말이나 되는 소리야? 어린애도 아니고. 차라리 생일 선물로 받고 싶다면 이해하겠어.

다음 날 출근길 전철에서 하릴없이 인터넷 뉴스를 보는데 '설거지 잔류 세제'라는 키워드가 눈에 띄었다. 손으로 설거지한 그릇에는 상당량의 세제가 남아 있으며, 흐르는 물에 평균 15초 동안 씻어야 잔류 세제가 완전히 제거된다는 내용이었다. 그렇게 하지 않으면 우리는 1년 동안 소주잔 하나 분량의 세제를 먹고 사는 셈이라나. 하지만 현실적으로 정부에서 권장하는 30초 손 씻기 규칙도 못 지키고 사는 판에 그릇 한 개를 15초씩 붙잡고 씻을 수 있을 리가 없잖아. 나는 속으로 혀를 차며 단골 가전제품 쇼핑몰에 들어가 관심 상품으로 찍어둔 식기세척기들을 들여다보았다. '안심 헹굼 기능으로 완벽한 잔류 세제 제거가 가능합니다' 하도 많이 읽어서 이제는 다 외우다시피 한 글귀가 다시금 가슴을 설레게 만들었다. 동시에 그를 향한 미움에도 불이 붙었다.

— 아직도 화났어?

타이밍도 좋게 문자 메시지가 날아들었다. 그였다.

— 아니?

나는 화났다는 티를 아낌없이 내며 답신을 보냈다.

— 나 오늘 칼퇴야. 너네 회사 앞 마트로 텔레비전 보러 갈까?

뜬금없이 웬 텔레비전? 그러고 보니 지난번에 같이 갔던 마트에서 텔레비전을 보다가 말았지. 요 며칠간 나는 식기세척기에만 푹 빠져 있었다. 그가 우리 회사 앞으로 찾아오겠다는 건 제 딴에는 내 눈치를 보고 있다는 뜻이겠지. 그럼, 당연히 그래야지.

그날 저녁 나는 회사 맞은편에 있는 전자제품 대형 매장 앞에서 그와 만났다. 나는 당연히 식기세척기를 살펴볼 생각이었다. 열심히 텔레비전을 구경하는 그를 버려두고 주방 가전 코너로 향했다. 지난주에 갔던 마트에는 몇 개 없던 식기세척기들이 다양하게 갖추어져 있었다. 가격도 괜찮은 편이었다. 때마침 제휴 카드 적립 포인트를 쓰면 5퍼센트 추가 할인을 해준다는 광고가 눈에 띄었다. 잘만 하면 인터넷 최저가보다 싸게 살 수 있을지도 모르겠어. 머릿속으로 열심히 계산기 두드리는 나를 그가 큰 소리로 불렀다.

"자기! 이거 봐. 대박이다."

그는 79인치 크기의 텔레비전을 가리키며 떠들었다.

"제휴 포인트 쓰면 5퍼센트 추가 할인해 준다는데, 그러면 괜찮지 않아? 자기 포인트 엄청 많이 쌓아놨다고, 이번에 다 쓸 거라고 그랬잖아."

어린이날 장난감 가게에 데려다 놓은 꼬마처럼 신이 난 그 앞에서 나는 마지못해 텔레비전의 가격표를 확인했다. 확실히 대형 마트에서 본 것보다는 쌌지만 그래도 예산을 아슬아슬하게 넘기는 금액이었다. 제휴 포인트 추가 할인을 동원하면 예산을 얼추 맞출 수는 있을 테지만, 그 포인트는 어디까지나 식기세척기에 써야 할 포인트다. 나는 미적지근한 표정으로 중얼거렸다.

"너무 크지 않아?"

"화면이 커야 게임할 맛이 나지."

또 게임 타령이네. 나는 이마를 찌푸린 채 고개를 저었다.

"그냥 작은 걸로 사지?"

"작은 거랑 가격 차이가 거의 안 나서 그래. 이왕 살 때 좋은 걸로 사자."

직원이 끼어들더니 태블릿 피시로 재고 확인 앱을 굳이 보여주기까지 하며 바람을 잡았다.

"특가 행사는 오늘이 마지막 날이에요. 제품도 전 지점에 이거 딱 하나 남았습니다."

나는 입을 다물었다. 한쪽은 텔레비전을 사고 싶어서, 다른 한쪽은 텔레비전을 팔고 싶어서 환장을 한 두 남자 사이에서 머리가 지끈거렸다. 나의 침묵이 길게 이어지자 비로소 그가 물었다.

"왜, 식기세척기 사고 싶어서 그래?"

"오빠. 난 아무리 생각해도 이 돈으로 식기세척기 사는 게 나을 것 같거든."

"그 얘기는 끝났잖아."

"끝나기는? 오빠가 일방적으로 얘기 끝낸 거지. 민영이도 식세기 강추했어. 걔가 살림을 얼마나 잘하는데."

"민영이가 누군데? 아, 그 강남 산다는 친구? 에이, 우리랑 그 친구네는 사정이 다르지."

"내 이야기의 포인트는 그게 아니잖아?"

우리는 불을 훤히 밝힌 마트 한복판에서 입씨름을 벌이다 직원이 '민폐 작작 끼치고 나가라'는 경고의 말을 최대한 빙 돌려 건넨 다음에야 밖으로 나왔다. 길바닥 한복판에서 남자랑 싸운 건 대학생 시절 이래 처음이었다. 창피했다.

"그걸 꼭 사야겠냐."

듣기 싫어. 꼴도 보기 싫어. 지금 네가 어떤 표정으로 나를 쳐다보고 있을지 뻔히 알아서 더 싫어. 미세먼지 자욱한 저녁 하늘만 노려보는 나에게 그가 호소하듯 말했다.

"네가 그랬잖아. 우리 최대한 절약해서 신혼여행에 투자하자고. 왜 갑자기 식기세척기에 꽂혀서 이러는지 이해가 안 가서 그래."

나는 입을 떡 벌린 채 그를 쳐다보았다. 숨 막히는 그 표정이, 확신에 찬 말투가 소름 끼치도록 싫어서 비명을 지르고 싶었다. 비명을 지르지 않는 데는 성공했지만 대신 지금껏 참고 또 참았던 말이 방언처럼 터져 나왔다.

"응, 그래. 최대한 아껴야지. 지금까지도 최대한 아껴왔고. 예식장, 스드메, 커플링, 인테리어, 도배까지 한 푼이라도 아껴본다고 발품 팔고 다닌 게 누구였을까? 나는 비싸고 고급진 거 좋은 줄도 모르는 여자라서 그랬을까? 누구한테 최대한 부담 안 주려고 그런 거라는 생각은 안 해봤어? 딱 34만 9천 원이야. 그게 그렇게 아까워? 게임기, 텔레비전에 쓰는 돈은 안 아깝고?"

길 맞은편에서 유모차를 밀고 오던 여자가 마스크 위로 두 눈을 동그랗게 뜬 채 나를 쳐다보았다. 나는 입을 다물고 눈꼬리에 괸 눈물을 손등으로 훔쳤다. 망신스러워. 내가 길바닥 한복판에서 이런 말까지 해야 돼? 왜 나한테 이런 짓을 하게 만들어? 원망이 서러움으로 증폭되었다. 인생에 한 번뿐인 결혼인데 이런 구차한 감정을 느껴야 한다니. 이런 모멸감을 저 인간은 살면서 한 번이라도 느껴본 적 있을까?

나는 벌겋게 달아오른 눈으로 그를 노려보았다. 그는 고개를 푹 숙인 채 엄마에게 야단맞은 초등학생마냥 꿍얼거렸다.

"그래. 돈 잘 못 벌어서 미안하다."

맙소사. 헛웃음이 터졌다. 하! 하고 웃는 나를 그가 불안한 표정으로 바라보았다. 나는 뒤도 돌아보지 않고 지하철역을 향해 걷기 시작했다. 등 뒤에서 그가 뭐라 외쳤지만 듣지 않았다. 어차피 들을 가치도 없는 말일 테니까.

밤이 깊도록 잠이 오지 않았다. 핸드폰에는 그가 보낸 문자 메시지가 차곡차곡 쌓이는 중이었다. 대답하기도 싫어서 착신 알림 설정을 꺼버리고 인스타그램을 열었다. 확인하지 않은 피드 목록에 새로 올라온 사진들이 줄줄이 떠올랐다.

친구는 오늘도 어김없이 새 사진을 올렸다. 울긋불긋 예쁜 월남쌈과 직접 레몬청을 담가 만든 유기농 레모네이드를 찍은 사진에 조건반사적으로 좋아요를 누르며 깨끗하고 넓은 주방에서 음식을 만드는 친구의 모습과 그가 공들여 가꾼 집안 풍경을 떠올렸다. 갓 뽑은 쌀떡처럼 하얗고 말랑말랑한 아기와 포근한 냄새, 적재적소에 자리한 고급 가구들과 한강에 둘러싸인 신축 아파트 단지의 비옥한 풍경. 그 모든 것들을 지속 가능토록 하는, 유능한 남편의 존재.

친구 남편하고는 결혼 전 청첩장을 받는 자리에서 한 번 만났다. 어른스러운 태도와 매너, 큰 키까지 두루 갖춘 친구 남편은 과연 잘나가는 남자는 다르다는 생각이 절로 들게끔 하는 사람이었다. 값비싼 식당에서 저녁을 산 친구와 남편은 나를 집 앞까지 차로 데려다주기까지 했다. 최고 클래스의 외제 차 뒷자리에 실려 가는 동안 이제 내 친구는 결혼하면 매일 이런 대접을 받고 살겠구나, 생각했다.

내 친구는 34만 9천 원짜리 식기세척기 때문에 남편이랑 길바닥에서 싸운 적이 있을까? 그런 상황을 상상이라도 할 일이 있을까? 언제나 다정하고 부드러운 친구의 얼굴을 떠올리자 한껏 고조되었던 감정이 힘없이 꺾어졌다. 나는 친구의 인스타그램을 빠져나와 내 계정에 들어갔다. 나의 인스타그램에는 그간의 결혼 준비 과정이 고스란히 담겨 있었다. 프러포즈를 받은 날, 상견례 날, 예식장 잡은 날, 종로에서 커플링을 맞춘 날, 신혼집 전세 계약서에 사인한 날, 그의 남동생까지 동원해 셀프 도배를 한다고 법석을 떨었던 날, 그릇 싸게 산다고 멀리 있는 주방용품 아웃렛에 찾아갔던 날. 필터 기능으로 분칠해도 가려지지 않는 궁상스러운 치열함. 뭐가 그렇게 신이 나서 일일이 찍어 올린 걸까? 눈

살이 찌푸러들었다.

이게 결혼의 현실이구나. 34만 9천 원짜리 식기세척기 때문에 이렇게 정이 떨어질 수도 있는 거구나. 정말로 돈이 아까워서 식기세척기 사는 걸 반대하는 거라면 그래, 아껴서 잘살자는 마음에 그러는 거라고 이해해 줄 수도 있어. 하지만 그런 게 아니잖아? 그는 유치원생마냥 고집을 부리는 것뿐이다. 내가 식기세척기를 사는 게 싫어서, 이른바 반대를 위한 반대인 거지. 유치한 데다가 더럽고 치사하다. 뭐, 내가 저랑 같이 플스 게임을 재미나게 했다고? 웃기고 있네. 그때는 그냥 저한테 맞춰준 것뿐인데.

무엇보다도 참기 힘든 건 추접스러운 길바닥 싸움의 피날레를 장식한 그의 사과였다. '돈 많이 못 벌어서 미안하다'? 그게 무슨 사과야? 사과를 빙자한 수동 공격이지. 못났다, 못났어. '그까짓 식기세척기 얼만데? 제일 좋은 걸로 당장 사!' 그렇게 말해 줄 수 있는 남자라면 얼마나 믿음직할까. 그러면 나도 고마운 마음에 어련히 알아서 싼 거 잘 알아볼 거 아냐, 안 그래?

금요일 밤이 깊어가자 각종 인터넷 커뮤니티 게시판에는 일제히 곳곳에서 퍼 날라온 레전드 썰들이 올라왔다. 주로 남녀 간의 결혼과 이별을 주제로 하는 썰들의 내용은 천차만별이지만 마무리는 찍어낸 듯 똑같았다. 글쓴이가 화두를 질문 형식으로 독자들에게 던지며 끝난다. '이런 남자 어떻게 생각하세요?', '헤어지는 게 정답이겠죠?', '파혼할 일인지 고민되네요.' 댓글러들은 법조인처럼 준엄한 일침을 글쓴이에게 보낸다. '답은 이미 나와 있네요', '기회 있을 때 도망치세요', '조상신께서 구한 거라고 생각하세요'

마이너스 에너지 가득한 내용을 한참 동안 읽고 나니 기가 쭉 빨려 나가며 허기가 졌다. 나는 먹을 것을 찾다가 부엌 찬장 구석에 처박힌 인스턴트 컵 떡볶이를 발견했다. 나는 이거 별로 안 좋아하는데 언제 샀을까? 의아해하면서도 주전자에 물을 올렸다.

물이 끓는 동안 하릴없이 컵볶이 포장에 인쇄된 영양성분표를 읽었다. 275칼로리, 겨우 이만큼 먹고 배가 부를 리 없다. 그냥 라면 한 봉지 끓일까? 하지만 설거지하기가 너무 귀찮다. 그냥 배달시켜 먹을까 싶었지만 역시 내키지 않았다. 예전에는 혼자서도 배달을 잘 시켜 먹었지만 연애를 시작한 뒤로 둘이 함께 먹는 데 익숙해져서 혼자서는 배달 음식을 먹지 않게 되었다. 배달 음식 1인분은 혼자 먹기에는 양이 너무 많고, 특히 떡볶이는 떡이 금방 퍼져버려서 다음 날 데워 먹기도 뭐하다. 떡볶이란 혼자 먹기 어려운 음식이라는 걸 새삼스레 깨달았다.

나 못지않게 그도 떡볶이를 좋아한다. 하지만 나는 냄비에 끓여 먹는 즉석 떡볶이를 좋아하고 그는 순대와 튀김을 곁들여 먹는 정통 떡볶이 파다. 연애 초 우리는 떡볶이 취향 차이 문제로 몇 번 부딪쳤다. 떡볶이가 다 그게 그거 아니냐는 그의 질문에 그냥 말을 말지 싶어졌다. 듣기 싫은 말을 듣기 싫어하는 건 나의 나쁜 습관이었다. 세상에 듣기 싫은 말을 듣고 싶어 하는 사람은 아무도 없을 테지만 나의 경우 너무나 듣기 싫은 나머지 애초에 싫은 말이 나올 상황 자체를 만들지 않으려고 노력하는 게 문제였다. 회피형이되 적극적인 회피형이라고 할까.

아무튼 즉석 떡볶이야말로 둘이 함께 먹어야 제맛이다. 널찍하고 얕은 냄비에 말랑말랑한 밀떡과 설익은 라면 사리를 후후 불어가며 먹는 불량스러운 맛에 비할 게 또 있을까? 그러고 보니 마지막으로 즉석 떡볶이를 먹은 게 언제였는지도 기억이 잘 나지 않았다. 내가 나온 고등학교 앞에서 파는 즉석 떡볶이가 참 맛있었는데.

얼마 전 데이트 중에 즉석 떡볶이 먹자는 말을 꺼내려다 그가 때마침 눈에 띈 프랜차이즈 분식점 간판을 가리키며 '배고파 죽겠으니 저기서 대충 때우자'고 하는 바람에 그냥 입을 다물어야 했던 기억이 났다. 별로 좋아하지 않는 순대를 죄다 그 앞으로 몰아준 채 뚱한 표정으로 앉은 나에게 그가 허파를 우물거리며 물었다.

"자기는 왜 안 먹어?"

"나 순대 안 좋아하는 거 몰라?"

"여기 너 좋아하는 떡볶이도 있잖아."

그때도 오늘처럼 제대로 한마디 했어야 했는데. 내가 좋아하는 떡볶이는 이런 떡볶이가 아니라 즉석 떡볶이라고. 그거 한번 같이 먹어주는 게 그렇게 어려워? 내가 무슨 파인 다이닝 데이트라도 원했어?

부정적인 생각은 음주운전 차량처럼 폭주해 보다 근본적인 명제에 도달했다. '이 남자가 정말로 지금의 내 가치일까?'라는, 인터넷 남녀 문제 썰의 마지막 문장 같은 질문을 스스로에게 던져보았다. 상견례는 마쳤지만 청첩장은 아직 돌리지 않은 지금이라도 다시 한번 생각해 봐야 하지 않을까?

문득 드라마 장면처럼 생생한 광경이 내 눈앞에 펼쳐졌다. 주말 내도록 집에 틀어박힌 채 작은 집에 어울리지 않는 대형 텔레비전으로 플스 게임을 하는 남편과 그 옆에서 스마트폰으로 지역 맘 카페에 남편 욕을 한바탕 쓰고 공감 댓글을 받는 나. 좁아터진 싱크대에는 남편이 버리기를 미룬 음식물 쓰레기와 설거지 그릇이 넘쳐나고, 나는 신혼 시절 끝내 식기세척기를 못 사게 한 남편을 백만 번째로 원망한다. 그러거나 말거나 태평스럽게 게임에만 빠져 있는 저 속 터지는 인간……. 문득 명절 차례상 앞에서도 느껴본 적 없는 조상신의 기척이 느껴지는 것만 같았다.

　날카로운 휘파람 소리가 귀청을 때렸다. 나는 황급히 커피포트의 전원을 내리고 컵 떡볶이의 비닐 포장을 뜯었다. 비닐이 너무 팽팽해 손톱이 들어가지 않았다. 억지로 힘을 주어 비닐을 잡아뜯다가 컵을 바닥에 떨어뜨렸다. 떡볶이 컵은 데굴데굴 굴러 화장실 문지방 앞에서 멈추었다. 입맛이 뚝 떨어졌다. 이런 거 말고 떡볶이를 먹고 싶어. 눈앞에서 보글보글 끓는 즉석 떡볶이를.

　주말 내내 그는 전화와 문자 메시지로 저가 잘못했으니 기분 풀라고 사정을 했다. 그럴수록 나의 기분은 더 나빠지기만 할 뿐이었다. 그는 이번에도 단단히 잘못 생각하고 있다. 이건 단순히 기분이 상하는 차원의 문제가 아니라 나와의 결혼을 지속할지 말지를 결정하는 기로가 될 수 있다는 사실을 그는 까맣게 모르고 있다. 지금까지는 내가 가르치고 떠먹여 주었지만 이번만큼은 스스로 깨달아야 할 거야.

나는 잔업을 핑계 삼아 꼬박 일주일 동안 그를 만나지 않았다. 금요일 저녁, 예전에 그와 함께 보러 갔다가 품절이 되어 실물을 보지 못했던 매트리스의 입고를 알리는 침대 전문 매장 직원의 문자가 도착했다. 목 디스크로 오랫동안 고생해 온 그를 위해 골랐던 고급형 매트리스였다. 저는 그냥 싼 거 사도 된다는 걸 나무라며 예산을 아끼고 줄여가며 열심히 알아봤는데. 또다시 성질이 돋았다. 이제 나에게 '식기세척기'라는 단어는 쇼핑의 즐거움 대신 그를 향한 분노를 촉발하는 버튼이 되었다.

'이제 매트리스 필요 없게 되었습니다'라고 답 문자를 보내고픈 충동과 싸우고 있는데, 뜬금없이 엄마의 메시지가 도착했다. 별일 없으면 집에서 저녁 먹고 가라는 내용이었다. 혼자 밥 먹기 귀찮은 참에 잘 됐다 싶었다. 친정에서 저녁밥을 얻어먹고 나오는 내게 엄마가 거대한 쇼핑백을 들이밀었다.

"뭔데?"

"그저께 이모랑 김장한 거. 조금만 담았어. 박 서방이랑 나눠 먹어."

"이게 뭐가 조금이야? 그리고 박 서방은 무슨…… 결혼도 아직 안 했는데."

엄마는 대수롭지 않다는 투로 대꾸했다.

"그럼 박 서방을 박 서방이라고 부르지 뭐라고 불러? 어차피 다다음 달이면 네 신랑 되는데. 참, 이거 가져가."

엄마는 앞치마 주머니에서 빳빳한 갈색 봉투를 꺼냈다. 백화점 상품권 봉투였다. 나는 그게 상품권이라는 걸 알아보는 것과 동시에 고개를 저었다.

"그냥 엄마 쓰지? 이거 마트에서도 쓸 수 있는데."

"됐어. 너희들 살림 사는 데 보태."

엄마는 내 가방을 낚아채 봉투를 쑤셔 넣었다. 집으로 가는 버스 안에서 봉투를 슬쩍 확인해 봤더니 10만 원권이 두 장이나 들어 있었다. 콧잔등이 시큰해지며 괜히 엄마에게 화풀이를 한 내가 부끄러워졌다. 애틋한 감사의 시간은 오래 가지 않았고 나는 예상 밖의 용돈을 어떻게 쓸까 궁리하기 시작했다. 냉장고 사는 데 보탤까, 아니면 매트리스? 아니야. 이것만큼은 그 인간이랑 같이 쓸 물건 사는 데 쓰지 않을 테다. 나만을 위해 써야지. 결심을 굳히며 나는 상품권 봉투를 가방에 소중히 집어넣었다.

토요일 아침 늦게 일어난 나는 어김없이 날아온 그의 문자에 친구 만나러 간다는 사무적인 답변을 보내고 백화점으로 향했다. 엄마가 준 상품권으로 큰맘 먹고 그동안 살까 말까 망설였던 명품 브랜드의 톤업 크림을 지를 생각이었다. 인터넷에서 사면 싸게 살 수 있다는 거야 알지만 오늘만큼은 궁상떨지 말고 소비의 즐거움을 만끽하리라, 마음을 다잡았다.

토요일 오후의 백화점 1층은 손님들로 발 디딜 틈 없었다. 나는 북새통을 헤치고 화장품 샘플을 들었다 놓기를 반복하다 그냥 매장을 나와 버렸다. 막상 가격표를 보니 인터넷 할인 가격이 떠오르며 돈이 아까워졌다. 배가 고파서 의욕이 나지 않는 거라고 결론 내고 지하 푸드코트에서 팟타이를 사 먹었다. 자, 기운을 차렸으니 다시 한번 위로 올라가 '나만을 위한 화장품 사기'라는 과제를 해치우자. 다 먹은 그릇과 트레이를 반납하면서 다시 한 번 전의를 다졌다. 결혼 준비를 하는 동안 내 머릿속에 쇼핑이라는 행위는 일종의 과업으로 재입력되었다.

백화점 에스컬레이터는 아기 요람처럼 편안하게 흔들리며 위로 올라갔다. 화장품이 있는 1층을 그대로 지나친 나의 발길이 향한 곳은 저 위 9층에 있는 생활용품과 가전제품 코너였다. 나는 결혼 준비를 하면서 요령만 있으면 백화점에서도 가성비 좋은 혼수 쇼핑을 할 수 있다는 사실을 배웠다. 특히 침대 같은 값비싼 가구라면 더욱 그러하다. 매니저 재량으로 추가 할인을 넣어주기도 하고, 백화점 세일 기간을 잘 맞추면 제법 괜찮은 득템을 할 수도 있다. 어느새 나는 두 눈에 불을 켜고 쇼핑에 빠져들었다. 제일 먼저 식기세척기를 보고, 텔레비전도 보고, 냉장고도 보고, 결국에는 침대 매트리스도 살펴보았다. 눈 튀어나오는 가격표가 붙은 수입산 가구도 괜히 한번 만져보고 앉아도 보았다.

천만 원짜리 안마 의자에 파묻힌 채 거울처럼 반짝거리는 최신형 대용량 가전제품들을 바라보며 만일 내가 결혼할 일이 없다면 백화점 가전제품 코너에 와볼 일이 얼마나 있을까, 생각해보았다. 명품 토트백을 멘 젊은 엄마들과 새하얀 스니커즈를 신고 순종적으로 와이프를 따라다니는 남자들, 과장을 조금 보태 이모뻘로 보일 만큼 자기 관리를 잘한 초로의 여자들이 장성한 딸의 팔짱을 끼고 오는 백화점. 문득 빌딩의 층고가 높아질수록 층에 사는 사람들의 계급도 높아지는 내용의 소설이 떠올랐다. 소설이 아니라 영화였던가? 재미는 참 없었는데.

상쾌한 음악이 마사지 코스의 종료를 알렸다. 딱 봐도 살 사람 아니라는 걸 알면서도 친절함을 잃지 않고 제품 설명을 해주는 직원에게 화장실은 어디 있느냐는 말을 던지고 내뺐다. 마사지 덕분에 흐늘거리는 몸으로 다시 한번 가구들을 둘러보았지만 처음만큼 신이 나지는 않았다. 나는 한 번 더 당분을 충전할 요량으로 식당과 카페들이 모여 있는 위층으로 향했다. 두 곳 있는 카페는 손님들로 북적거렸다. 그나마 사람이 적어 보이는 카페에 자리를 잡고 카푸치노를 주문했다. 따뜻한 카푸치노 컵을 쥐고 푹신한 소파에 등을 묻자 한숨이 절로 새어나왔다.

문득 가까운 곳에서 아이 우는 소리가 들려왔다. 울음소리는 순식간에 커지더니 카페를 가득 채운 여자들의 수다를 압도하기 시작했다.

"마카롱 먹을래!"

네댓 살쯤 되어 뵈는 여자아이가 소파 귀퉁이에 반쯤 드러누운 채 떼를 부리고 있었다. 아이는 소파 끄트머리에 반쯤 누운 자세로 울며불며 발버둥을 쳐대었다.

"뚝! 똑바로 앉아!"

엄마가 무섭게 야단치자 아이는 반항하듯 테이블을 향해 냅다 발길질을 했다. 그 서슬에 테이블에 놓인 커피 잔이 엎어지며 커피가 줄줄 흘러내리고 아이도 소파에서 땅바닥으로 줄줄 미끄러져 내렸다. 아이는 카페 바닥에 주저앉은 채 계속 소리를 질렀고 아이 엄마는 테이블을 타고 흐른 커피가 바닥에 앉은 아이의 몸 위에 떨어지는 걸 몇 장 안 되는 냅킨으로 막느라 여념이 없었다.

이윽고 유모차에 탄 동생이 덩달아 울음보를 터뜨렸다. 아수라장이었다.

"세상에. 민폐다."

"상 닦을 시간에 애부터 어떻게 좀 하지?"

옆 테이블에 앉은 손님들이 혀를 찼다. 그러게나 말이야. 나는 속으로 맞장구를 치며 핸드백에서 이어폰을 꺼내 귀에 꽂았다. 볼륨을 최대한 높이고 음악을 틀려는데 아이 엄마 얼굴이 눈에 들어왔다. 그는 나의 친구였다. 한강이 내려다보이는 아파트에 사는, 나에게 식기세척기를 강력하게 추천했던 친구. 그러고 보니 이 백화점은 친구 집에서 멀지 않은 곳이기도 했다.

그나저나 어쩐다, 나라도 가서 도와줄까? 하지만 아이 안는 방법조차 모르는 내가 무슨 수로? 나는 그저 속수무책으로 지켜보았다. 손님들의 눈빛은 눈에 띄게 싸늘해졌고 직원들도 친구를 예의주시하는 중이었다.

불편한 긴장 속에서 한 남자가 카페로 들어왔다. 친구의 남편이었다. 화장실에 다녀온 모양이었다. 그는 자리에 털썩 앉더니 바지 주머니에서 스마트폰을 꺼냈다.

"아빠, 나 마카롱!"

아이는 악을 질렀다. 두 아이의 떼쓰는 소리에 귀청이 떨어져 나갈 지경이었다. 애초에 아이 가질 생각도 여력도 없지만 진심으로 딩크로 사는 걸 고려해야겠어. 나는 그리 다짐하는 동시에 친구 남편을 바라보며 모두가 불편하기만 한 이 상황을 한시바삐 끝내주기를 빌었다.

친구 남편은 핸드폰을 보며 짧게 대답했다.

"엄마한테 말해."

그 목소리가 얼마나 냉랭한지 내 귀를 의심했다. 친구 남편의 목소리는 흰 눈 뜨고 노려보는 손님들의 시선보다 더 차갑고 무심했다. 이어서 그가 이마에 내 천 자를 그은 채 아내와 아이들을 흘끔 보며 뱉은 말은 더욱 차가웠다.

"아직도 애들 어떻게 안 돼?"

"알았어, 알았어."

친구는 변명하듯 중얼거리며 첫째의 팔목을 틀어쥐고 억지로 일으켰다. 아이는 울부짖으며 결사적으로 버텼다. 와이프 채근할 시간에 애 아빠가 힘으로 번쩍 들고 나가면 될 일이 아닌가? 그러나 친구 남편은 여전히 제자리에 앉은 채 뭐가 그리 중요한 일인지 핸드폰만 보고 앉았다. 마치 자신과 아이들과 아내 사이에 보이지 않는 방음벽이 세워져 있는 것처럼.

보다 못한 카페 직원이 판매 중인 마카롱 과자를 한 개 들고 다가왔다.

"죄송합니다. 죄송해요."

친구는 직원에게 거듭 사과하며 마카롱을 첫째에게 쥐여주었다. 그제야 사이렌 같은 아이의 울음소리가 멈추었다.

"환장하겠네."

남편이 한숨 섞인 목소리로 중얼거리더니 마침내 무거운 엉덩이를 일으켰다. 이제야 아내를 도와주려나 싶었는데 웬걸, 저 혼자 카페 밖으로 나가버리는 게 아닌가. 정말이지 환장할 일이었

다. 울부짖는 아이 둘과 함께 버려진 내 친구는 한 손으로 유모
차를 밀고 나머지 한 손으로는 마카롱을 움켜쥐고 훌쩍이는 첫
째를 질질 끌며 카페를 나갔다.

"빨리 좀 와. 빨리!"

친구 남편은 멀찍이 앞장선 채 큰소리로 아내를 채근했다. 카
페 입구에 쪼그려 앉아 첫째 아이의 입가에 잔뜩 묻은 마카롱
부스러기를 물티슈로 닦아내는 친구의 얼굴이 종이처럼 창백했
다. 친구가 느끼는 수치심이 고스란히 전해지는 기분이었다. 혹시
친구는 나를 알아봤을까? 알아봤더라도 모른 척 하고 싶겠지.

"아휴. 개념 없어."

마침내 친구네 식구들이 시야에서 사라지자 오랫동안 참았던
손님들의 입이 일제히 터졌다. 무심하기 짝이 없는 친구 남편을
향한 욕이 터져 나오리라, 응당 그래야만 한다. 그래야 내 속이
조금이라도 풀리지.

내 옆자리에 앉은 손님이 불쾌함 가득 실린 투로 말했다.

"애 엄마도 참, 지하에 떡하니 키즈카페 있는데 왜 여기까지 애
를 데리고 올라와?"

나는 엄마가 준 상품권을 그대로 들고 집으로 돌아왔다. 백화
점 카페에서 본 친구네 가족의 모습 때문에 속이 어지러웠다. 친
구 혼자 아이들을 달래느라 진땀을 흘리는 동안 모르는 척만 하
다 급기야 아내와 아이들을 버려두고 저 혼자 카페를 나갔던 친
구의 남편. 그의 차갑고 무심한 태도는 손님들의 따가운 눈총보

다 백 배는 더 불편했다. 지켜만 보는 나도 이렇게 불편한데 내 친구는 그런 남편이랑 사느라 얼마나 힘들까? 애 아빠가 되어서는 어쩌면 그렇게 남 일 대하듯 할 수 있어. 아니, 남보다도 못하지. 인성 쓰레기 같은 직장 상사도 남들 앞에서 부하 직원에게 그런 식으로 굴지는 않을걸. 게다가 내 친구는 또 왜 그래? 고개도 제대로 못 들고 허둥지둥, 무슨 죽을죄라도 지은 것처럼⋯⋯ 뭐야 그게? 잘난 애가 왜 그러고 살아?

내 앞에서는 흠잡을 데 없이 깍듯했던 친구 남편을 떠올리니 배신감이 끓어올랐다. 남자들은 결혼하면 변한다더니, 친구네 남편이 딱 그런 경우였네. 집 밖에서 아내 대하는 태도를 보니 집 안에서는 한술 더 뜰 게 분명하다. 그리고 보니 지난번에 친구네 놀러 갔을 때 친구가 뭐라 그랬더라? 아침마다 남편 커피 챙겨 주지 않으면 큰일 난다, 뭐 그런 이야기를 했던 것 같은데. 그래 맞아, 분명 그랬어. 와⋯⋯ 미쳤네. 와이프가 시녀야? 캡슐커피 하나 지 손으로 뽑아 먹지도 못하게. 외벌이라고 집안일에 손가락 하나 까딱 안 하는 게 요즘 세상에 말이나 되는 소리야? 아들을 그렇게 키운 시어머니 성격도 분명 장난이 아니겠지. 가부장적인 남자와 유세 떠는 시집이라니, 결혼한 여자에게 그보다 더 지옥 같은 조합은 없을 거야. 안 그래?

폭주하는 망상 속에서 불현듯 며칠 전 놀러 갔던 친구네 아파트와 친구의 인스타그램에 올라오는 사진들이 떠올랐다. 친구네 부엌에 놓인 최신형 대용량 식기세척기도 생각났다. 그 윤택하고 평화로운 풍경 위에 떼쓰는 아이들과 냉랭한 남편이 얹히며 불협

화음을 일으켰다. 그러자 지난 며칠 동안 식기세척기 때문에 뒤집어졌던 마음이 조금 놓였다. 졸렬하게도.

오늘 내가 본의 아니게 엿본 모습은 친구가 금수저 집안의 며느리로 살기 위해 치르는 대가인지도 모른다는 생각이 들었다. 심지어 친구가 치르는 희생 중에서는 매우 가벼운 축에 속하는 일인지도 몰랐다. 하지만 비록 친구가 인스타그램에 올린 사진들이 허상이라 해도 친구가 결혼을 통해 획득한 계급의 가치가 바래는 일은 없을 것이다. 친구의 경력이 영원히 단절된다 해도 친구네 아파트값이 떨어지는 일은 일어나지 않을 것처럼.

참 나. 누가 누구를 불쌍하게 여겨, 30만 원짜리 식기세척기 하나 마음대로 못 사게 하는 남자랑 결혼하는 주제에. 나는 잠시나마 친구를 연민했던 만큼 나 자신을 연민했다. 정말이지 졸렬한 감정이었다. 너무 졸렬해서 화가 나지도 않았다. 대신 입이 간질거리기 시작했다. 이 졸렬한 마음은 누군가와 한바탕 무의미하고 질 낮은 수다를 떨며 풀어야만 떨어져 나갈 것이었다. 누구라도 좋으니 친구를 향한 연민과 분노의 마음을 나누고 싶었다. 하지만 친구들 단톡방에는 섣불리 꺼내기 어려운 이야기다. 당장 나의 결혼을 코앞에 둔 시점에 다른 결혼한 친구 욕을 하는 건 내 얼굴에 침 뱉기일 뿐이었다.

말하면 안 된다고 생각하면 할수록 더 말하고 싶어지는 법이다. 차라리 아무도 모르는 곳에 털어놓을까? 인터넷 카페 게시판이나, 익명 썰이 올라오는 판 같은 곳에…… 순간적인 충동이 일었지만 만에 하나 내가 올린 내용이 캡처 박제되어 여기저기 돌아다니다가 친구 눈에 띌지도 모른다고 생각하니 두려워졌다.

　나는 잠시 주저하다 문자 메시지를 썼다.

　　— 있잖아 나 오늘 백화점 갔다가 우연히 민영이랑 걔 신랑 봤거
　　　든? 그런데 걔 남편이 완전. 미친

　열띤 손놀림으로 키보드를 두드린 뒤 거의 본능적으로 입력한
수신자 번호는 남자친구 것이었다. 무의식중에 문자를 보내려다
지금 나는 공식적으로 남자친구에게 화를 풀지 않은 상태라는
사실을 깨달았다. 그러자 급격한 피로감이 몰려들었다. 이게 다
뭐 하는 짓이람.

　맥이 탁 풀린 채 방바닥에 주저앉은 나에게 메시지 한 통이 도
착했다.

　　— 집에 있어?

　남자친구가 보낸 문자였다. 나는 길게 써내렸던 메시지를 황급
히 지우고 짧은 답신을 보냈다.

　　— ㅇㅇ

　몇 분 뒤 현관 밖에서 인기척이 들렸다. 방문객은 벨을 누르는
대신 나에게 전화를 걸었고 나는 전화를 받는 대신 문을 열었다.

그였다. 한 손에 커다란 비닐봉지를 든 채 엉거주춤하게 문간에 서 있었다.

그는 나의 눈치를 보며 비닐봉지를 들이밀었다. 하마터면 나는 그것을 받아들 뻔했지만 곧바로 팔짱을 끼고 자세를 바로잡았다. 문간에 버티고 선 채, 아직 나의 공간에 너를 들이기로 한 것은 아니라는 분명한 의지를 담아 짧게 말했다.

"뭔데?"

그가 내 눈앞에서 비닐봉지를 활짝 열어 보였다. 비닐봉지 안에는 즉석 떡볶이 재료가 들어 있었다. 가득 담긴 밀떡과 쫄면과 라면 사리를 보자 나도 모르게 침이 꼴깍 넘어갔다. 헝클어지지도 않은 머리칼을 괜스레 뒤로 넘기는 내 표정을 그가 슬슬 살피며 말했다.

"너 좋아하는 거. 예전에 너 다니던 고등학교 앞에서 파는 즉석 떡볶이 먹고 싶다고 했던 거 생각나서 사왔어."

"내가 다니던 고등학교 앞까지 가서 사왔다고?"

"응."

그가 너무나 진지한 표정으로 고개를 끄덕이는 바람에 나는 그만 웃고 말았다. 고장 난 시계도 하루에 두 번은 맞는다더니, 하필 이런 타이밍에 맞춰서 예쁜 짓을 해.

그는 엄지손가락으로 안경을 추어올리며 은근슬쩍 말을 꺼냈다.

"떡볶이 먹고 식기세척기 알아볼까?"

그 말에 내 마음에 걸려 있던 마지막 빗장이 풀어지고 말았다. 그래…… 비록 돈은 못 벌어도 우는 아이들 앞에서 핸드폰만 쳐다보고 있는 놈보다는 낫지. 나 혹시 지금 정신 승리 중인 걸까? 뭐, 그렇겠지. 하지만 그렇게 대놓고 가부장적인 남자는 정말 싫은걸. 아, 겨우 떡볶이 하나에 이렇게 대충 넘어가 주면 안 되는데 말이야. 그냥 식기세척기를 사는 문제가 아니라 내 인생이 걸린 문제인데. 그러나 배는 속수무책으로 고파오고 화낼 기운도 풀이 꺾였다.

이대로 괜찮을까. 누군가 대답해 주면 좋겠다. 남 부러워할 것 없다고, 사람 사는 게 다 거기서 거기라고. 자기계발의 대가들이 주술처럼 반복하는 그런 뻔하기 짝이 없는 말을, 오직 나만을 위해서만 해줄 사람이 있으면 좋겠다. 사실 위로의 내용도 중요하지 않다. 한 사람이 언제나 같은 자리에서 변함없는 모습으로 오직 나만을 위해 존재한다는 게 더 중요하다. 엄마나 친구들이 영원히 그 자리를 지켜줄 수 없다는 건 알고 있다. 하물며 인터넷의 이름 모를 사람들이 건네는 위로는 더더욱 소용없다는 것도 알고 있다. 알고 있는데도, 그 허약한 앎을 조금이나마 공고하게 만들어줄 사람이 필요하다. 실은 그도 속으로는 나를 모자라다고 생각할지도 모르지. 아니, 실은 내가 가장 믿고 사랑하는 절친들도 속으로는 나와 그를 딱 저들 수준에 맞는 짝으로 평가하고 있을 테지. 다 알고 있다. 나 또한 친구들이 연애하고 결혼할 때마다 그래 왔으니까.

딱 나만큼 불안하고 나만큼 불완전한 사람. 그럼에도 내 곁에 있을 사람. 나이 서른이 넘어서도 엄마에게 떼쓰는 어린아이처럼 부끄러움 없이 때릴 수 있는 감정의 샌드백, 적어도 제삼자의 냉혹한 기준으로는 서로를 재단할 수 없도록 가족이라는 지리멸렬하고도 절실한 이름 아래 하나로 묶인 단 한 사람.

어쩌면 이 모든 졸렬하고 궁상맞고 불평등한 조건들을 무릅쓰고 결혼을 하고 마는 이유는 겨우 그거 하나뿐인지도 모른다. 친구도 그랬을까? 다들 그러고 사는 걸까? 나만 바보같이 속고 있는 건 아닐까?

모르겠다. 모르겠으니까 일단 떡볶이 먹고 나서 생각하자. 그렇게 생각하며 나는 비닐봉지를 받아들였다.

● 작가의 말

결혼할 때 저의 지상 목표는 최대한 돈을 적게 쓰는 것이었습니다. 세월이 흐른 지금 저희 집 화장실 싱크대는 수평이 맞지 않고 마루 장판은 고양이가 뛰어오를 때마다 훌렁훌렁 들뜨며 식탁 다리는 흔들거리고 30여 년 동안 교체한 적 없는 창틀에서는 바깥바람이 술술 새어듭니다. 당장 돈을 아끼는 데는 성공했을지 몰라도, '가격 대비 고성능'을 얻는 데는 보기 좋게 실패한 셈입니다. 「빈집 채우기」의 주인공은 저와는 달리 야무지게 가성비를 추구하는 사람입니다. 일하는 시간을 쪼개 부지런히 계획하고, 목록을 작성하고, 파트너를 끊임없이 다그쳐 참여를 독려하고…… 전부 저에게는 한참 부족한 미덕들입니다.

분명 가성비라는 말이 등장하기 훨씬 전부터 그 개념은 존재해 왔을 텐데, 구체적으로 인간관계에서의 가성비를 따지는 건 요즈음 새롭게 나타난 경향인 것 같기도 합니다. 하지만 그 또한 사람들이 동굴 속에 끼리끼리 모여 살기 시작한 시절부터 반복되어 온 이야기겠지요. 딱히 내가 득 볼 일 없는 사람에게 신경 쓰는 일은 낭비고, 반대로 득 볼 일이 있을 법한 사람에게 신경 쓰는 일은 나를 위한 '투자'가 됩니다. 관계에서 마음을 더 쓰는 사람은 '감정 쓰레기통'이 되어 감정적으로 착취당하는 것이고…… 문장으로 써놓으니 무척 피곤해지는데 실제로는 자연스럽게 생겨나는 감정입니다. 그 어떤 타인과도 교류하지 않고 온전히 혼자 힘으로만 살 수 있는 사람이라면 이런 감정에서 자유로울 수 있을까요? 어떤 경지에 도달해야 그럴 수 있을지, 소설 주인공으로 상상하기도 어렵습니다.

오래 산 집의 장판이 들뜨고 식탁이 흔들거리는 것은 제대로 된 물건을 사지 못해 일어난 불상사일 수도 있지만, 살아온 세월을 생각하면 당연하고 자연스러운 일입니다. 가성비를 추구하지 못했을 때의 분한 마음도, 가성비를 획득할 때의 짜릿한 희열도 모두 인생을 조금이나마 덜 외롭게 꾸며주는 것이라고, 요즘은 그렇게 생각하려 합니다.

멋진 책을 엮어주신 조아혜 편집자님, 박신애 팀장님과 이혜진 주간님, 그리고 함께해 주신 작가님들께 감사의 마음을 전합니다.

이 진

2012년 첫 장편소설 『원더랜드 대모험』으로 제6회 비룡소 블루픽션상을 수상했다. 2014년 청소년 장편소설 『아르주만드 뷰티 살롱』을 냈으며, 2017년 장편소설 『기타 부기 셔플』로 제5회 수림문학상을 수상했다. 2020년 청소년 장편소설 『카페, 공장』을 출간했다. 그 외 공저 단편집 『콤플렉스의 밀도』『소녀를 위한 페미니즘』『환상의 책방 골목』『마이너스 스쿨』이 있다.

2005년생이 온다

주   원   규

* 이 작품은 2021년에 집필되었습니다.

2005년생이 온다, 모임 시작

2005년생을 나이로 풀어보자. 만으로 열여섯 정도가 아닐까. 뭐, 그것도 이 기록이 적힌 타이밍에서 한 해, 두 해가 지날수록 달라지겠지. 열여섯, 열일곱, 나이는 계속 늘어날 거다. 용수철처럼.

그래도 상관없다. 일단 선포하고 보자. 2005년'대'생이 온다. 이들은 열일곱, 한국의 교육법상 아마도 고1일 것이고, 놀랍게도 이들이 특정한 목적을 갖고 모였다고 한다. 일단은 온라인으로.

"대체 기준이 뭐야?"

"뭐가."

"1990년대생이면 1990년대생이고, 2000년대생이면 2000년대생이지, 그 뭐야. 상징적으로 끊어먹을 게 없잖아."

"야야, 그것도 편견이고 차별이야. 왜 꼭 10이나 0을 기준으로 커트해야 하는데?"

"편견, 차별, 웃기고 있다. 암튼 설명해 봐."

"뭘 또?"

"지금까지 뭐 들었어? 2005년대생이 온다는 이 모임, 기준이 뭐냐고."

"기준이 중요한 게 아니지."

"그럼 뭐가 중요한데?"

"너……. 이 모임이 뭐 하는 건지는 아냐?"

처음 띄운 운은 거창하고 비장했다. 코로나 팬데믹이라는 엄청난 위기 상황에 이제 막 고등학생이 된 2005년생들은 어떤 식으로든 뭔가 배우겠다는 목표를 발휘해야 한다고 했다. 이 말은 학교의 담임 선생이 한 게 아니다.

한얼고등학교 1학년 1반 첫 시간을 온라인 수업으로 시작했을 때였다. 비디오가 굴절되듯 계속 일그러져 도대체 어떻게 생긴 녀석인지 쉽게 분간하기 어려운 녀석이 한 명 있었다. 하지만 이름은 제법 인상적이었다. '자유주의'란 이름을 가진 친구였다.

담임 선생이 신입생 설명회를 거창하게 소개하려고 했던 그 순간의 일이다. 이 자유주의란 친구가 갑자기 할 말이 있다면서 채팅 창에 학생의 공부할 권리, 배울 권리에 대해 입력한 것이다. 매우 어렵고 학문적인 용어들이 뒤섞인 글이었다. 그래서인지 다른 학생들의 기를 다소 억누르는 느낌이 강했다. 그런 글을 쉬지 않고 채팅 창에 올리는 '자유주의'를 향해 1학년 1반 담임은 제지해야 할 필요성을 느꼈던 것 같다.

"잠깐. 잠깐만. 학생. 자…… 거 뭐야. 자유주의 학생!"

비록 온라인 화상 채팅이었지만 담임이 거의 고함을 지를 정도로 큰 소리로 외친 뒤에야 신입생 자유주의의 채팅은 중단되었다.

"학생. 잠깐, 잠깐만. 멈춰봐."

"네? 왜 그러시죠?"

"왜 그러긴. 지금은 내가 한얼고등학교에 입학한 것을 환영하는 대환영 메시지를 떠들고 있는 시간 아닌가?"

"충분히 말씀하셨다고 판단했습니다."

"아니, 그러게. 그 판단을 왜 학생이 하는데?"

"제가 판단한 게 아니라 상식이 판단한 거죠."

"상식?"

"환영 메시지를 무슨 20분이나 넘게 하십니까? 요즘 기업, 대학, 정치권에서도 이렇게는 안 합니다. 모르셨어요?"

"뭐?"

"한국 10대 기업 공개 채용 후 인턴십 프로그램에서 기업 회장의 대사원 메시지도 10분 이내, 대통령의 각종 기념일 경축사 및 메시지도 10분에서 15분이면 그만입니다. 그런데 선생님은 지금 무려 대통령, 기업 회장보다도 갑절 이상 시간을 쓰고 계신 거예요."

"그, 그런가?"

"오브 코오스! 그러니 제가 그 시간을 쪼개 동급생 급우들에게 공부와 인생 배움에 대해 공지하는 건 상식에 맞는 행동이라 생각합니다만."

"거…… 참. 말은 번지르르하게 한다만……. 그런데 말이야."

"말씀하세요."

"학생아. 정확한 이름을 밝히든지. 이게 뭐냐? 장난하는 것도 아니고."

"제가 언제 장난을 쳤다고 그러십니까?"

"자유주의가 뭐야. 자유주의가? 본명 밝혀!"

"제 본명이 자유주의입니다. 성은 자, 이름은 유주의."

"아니 이 녀석이."

"녀석이란 말, 자제하시기 바랍니다. 인권 충만한 학생에게 녀석이 뭡니까. 녀석이."

"그래. 아니, 이 학생아. 지금 장난하니? 세상에 자씨 성이 어디 있어?"

"코인 상승해 벼락부자 될 이 귀한 시간에 제가 장난이나 한다고 생각하십니까?"

"뭐야?"

"지금 빨리 본명 확인해 보세요. 이번 신입생이 몇 명이나 된다고 이름 하나 외우지 않고 지금까지 뭐 하셨습니까?"

화상 채팅 앱 '줌'에 접속된 한얼고등학교 1학년 1반 학생들의 숫자는 총 스무 명이었다. 여학생이 조금 더 많아 열세 명, 남학생이 일곱이었다. 담임 선생은 화면을 통해서도 알아볼 수 있을 만큼 얼굴이 붉어진 채 서둘러 신입생 이름을 확인했다. 얼마 가지 않아 담임의 표정은 더욱 오리무중, 의문을 담은 얼굴로 돌변했다.

"확인, 끝나셨습니까?"

"그, 그래. 정말 이름이 자유주의네."

"맞죠? 제 이름, 자유주의. 저는 자유주의입니다. 앞으로 성까지 붙여서 자유주의야! 하고 불러주시기 바랍니다."

"그런데 여전히 의문이 남는다. 우리나라 성씨 중에 자씨도 있나? 아님, 순우리말? 뭐 그런 건가?"

"그런 종류의 의문은 선생님 개인이 해소해 주시기 바라겠고요. 무엇보다 선생님."

"응? 응. 말해."

"제가 아직 제 제안의 결론을 충분히 해소하지 못했습니다. 그러니까 채팅 공지를 조금 더 이어가도 되겠습니까?"

"그, 그래. 그렇지만 너무 길지 않게 남겨라. 뭐, 물론 내 환영 메시지가 20분이나 지나 부적절한 면도 분명 있지만, 너도 선생 말씀하시는 데 훅 끼어들어 공지 폭탄 날리는 거, 꽤 지나쳐."

"지나치다는 선생님 의견에 단 1퍼센트도 동의 안 되지만 뭐, 그렇다 하시니 그런가 보다 일단 접수하고 간단하게 제 공지 사항, 동급생들에게 전달하겠습니다."

군이 말로 공지해도 되는데, 잠시 후 자유주의는 채팅 창에 다음과 같은 공지 소식을 남겼다.

> 진짜 배움을 위해 우리 학생끼리 자치적으로 정의로우며, 매우 민
> 주적인 모임을 가지도록 하겠습니다. 붙을 사람은 선착순입니다.
> 그리고 제일 궁금한 부분. 이 모임의 명칭이겠죠? 우리 모임의 명
> 칭은 바로바로 두둥 두둥.
>
> '2005년생이 온다'
> 입니다.

이런 식의 우여곡절을 통해 한얼고등학교 1학년 1반 사적 공
부 모임 '2005년생이 온다'가 공식 출범하게 되었다.

그런데, 시작하자마자 변수가 생겼다. 자유주의의 매우 거창하
고 현란한 말 실력에 힘입어 탄생한 '2005년생이 온다'는 기대와
다르게 참여 인원이 재앙 수준으로 적었다. 결론부터 말하자면
모임 구성원이 자유주의를 포함해 단 세 명에 불과했다.

가입 조건이 까다로운 점도 한몫하긴 했다. 첫 수업 때, 담임
선생의 메시지를 중간에 잘라먹고 들어와 모임을 선포한 호기로
움이 넘치는 것까진 좋았다. 멋있기까지 했다. 고등학교 입학에
해당하는 첫 수업을 노트북이나 아이패드로 맞이하게 된 학생
들이 자유주의의 나름 도발적인 행동에 흥미를 느낀 건 사실이
었다. 하지만, 그게 전부였다. 자유주의의 도발이 적절한 유효성
을 가지려면 흥미를 당기는 부분도 따라와야 하는데 그게 부족

했다. 가장 결정적으로 어떤 공부를 무슨 방식으로, 어떻게 한다는지에 대한 설명이 빠졌다. 일주일의 모집 기간을 두고 무조건 가입하고 보라는 식이었다. 구체적으로 뭘 배운다는 건지 설명이 없는 것이다. 그런 상태에서 수업 외 시간을 따로 내어 학생들끼리만 사적 공부 모임을 한다는 것에 흥미를 느낄 학생들은 결코 많지 않았다.

선행 학습이고 학원이고 고1이 학교 정규 수업 외에도 해야 할 공부는 산더미의 연속이다. 그런 고1, 열일곱에게 무조건 일주일에 세 시간 이상 참여해야 한다는 의무 조항이 붙은 '2005년생이 온다' 가입조건은 막연함을 넘어 처절한 무리수로 다가오기에 충분하지 않았을까.

반대로 생각해 보자. 그래도 용케 세 명이나 모였다. 이 처절한 무리수 가득한 모임에 말이다.

그렇게 셋이 화상 채팅 앱을 켜고 첫 온라인 모임을 시작했다. 첫 모임에서 자신을 장차 게임 업계의 혁명가가 될 거라고 소개한 조병수가 이 모임의 성격에 대해 직설적으로 질문하고야 말았다. 질문의 대상은 바로 이 사적 공부 모임의 설립자 자유주의였다. 또 한 명의 멤버이자 주체적 여성을 꿈꾼다는 여학생 유혜리도 채팅 창으로 끊임없이 의문을 제기하는 중이었다.

유혜리에 관한 소문은 사뭇 대단했다. 선생님과 한국 역사에 대한 문제점을 이야기하다가 방과 후 시간까지 시간 가는 줄 모르고 토론을 벌인 일화는 유혜리의 특징을 설명하는 기본 사례에 지나지 않았다. 물론 그로 인해 다른 학생까지 잡아 묶는 민폐는 덤이었지만. 어쨌든 유혜리는 그만큼 자신이 이해가 안 되는 것은 끝까지 찾아보고 물어보는 스타일이었다. 물론 이런 유혜리의 모습은 고집불통인 중2병과는 달랐다. 이해하고 알게 된 그 지식을 다른 친구에게 강요하진 않았다. 그 지식을 자신의 자랑거리로 삼는 모습도 아니었다.

"그러니까. 내 말이."

"그게 무슨 뜻이야? 뭘 말하고 싶은데?"

"자유주의, 네가 말했듯이 여기가 정확히 뭘 하는 모임인지, 어떤 목적이 있는지 모르다 보니까 자꾸 내가 기준 찾게 되는 거잖아."

유혜리도 조병수의 말에 한마디 힘주어 보탰다.

"자유주의. 이제 네가 정확히 말할 차례야."

"뭘?"

"'2005년생이 온다'가 대체 무슨 공부를 하는 모임인지, 그 공부의 진짜 이익이 뭔지 정확하고 구체적으로 알려줘야 하는 차례라고."

"내 말이. 그걸 알아야지 우리도 뭔가 액션을 하든 드라이브를 장착하든지 할 거 아니야."

조병수와 유혜리. 그렇게 둘은 합을 맞추며 속이 후련하다는 표정을 지었다. 물론 노트북으로 본 표정에서 정확한 상황을 짚어내긴 어렵겠지만 여하튼 더는 시간 낭비하지 않겠다는 의지가 느껴지는 순간이었다.

그 두 명, 유혜리와 조병수가 입을 맞춰 어떤 공부, 어떤 활동을 할 거냐고 묻고 난 직후였다. 설립자 자유주의는 제법 긴 침묵에 빠져들었다. 조병수는 그때, 엄마 아빠가 비싼 대출 빚을 얻어 들어간 서울 소재의 아파트 18층 주방 식탁에 앉아 회의에 참가하고 있었고, 유혜리는 독서실보다는 한층 환경이 쾌적한 스터디 카페에 앉아 아이스 아메리카노를 마시며 자유주의의 침묵을 견뎌내고 있었다.

그렇게 꽤 긴 침묵을 깨고 자유주의가 입을 열었다. 굳이 신비주의까진 아니지만, 신입생 첫 수업 이후 일주일 만에 다시 만난 화상 회의에서 자유주의의 비디오는 여전히 굴절된 채로 나타났다. 그건 마치 삼분할된 화면 같았다. 그렇게 삼분할로 깨진 항아리처럼 보이는 자유주의가 말문을 열었다.

"우리가 배워야 할 공부의 목적은 단 하나야."

"그러니까 그게 뭐냐고."

"조기 은퇴."

"뭐?"

"우리, 학교와 인생을 조기 은퇴하자고. 그게 우리 모임 '2005년생이 온다'의 정확하고도 간결한 모임 취지야."

그리고, 15일 후

'2005년생이 온다'의 오프라인 모임은 정확히 보름 뒤에 이뤄

졌다.

'조기 은퇴'란 말은 듣기만 해도 2005년생에겐 시기상조로 보여 이 모임은 확실히 깨질 것으로 예상했다고 했다. 이건 모임을 만든 자유주의의 솔직한 마음이었다. 하지만 보름 후에 개최한 정모에 유혜리와 조병수는 불참하지 않았다. 방과 후 자율 학습까지 애써 포기하고 와야 하는 시간이었음에도 둘은 참석했다.

온라인으로만 수업을 진행했던 2005년생, 한얼고등학교 고1 학생 세 명은 서로의 얼굴을 신기하듯 바라봤다. 전형적인 범생이 뿔테 안경을 쓰고 파마를 한 것으론 도저히 보이지 않는 선천적인 곱슬머리를 한 조병수를 유혜리가 알아보고, 긴 생머리에 꽤 시크한, 흠잡을 곳 별로 없는 눈, 코, 입 비율을 가진 유혜리를 조병수가 알아보는 건 화상 수업 때에도 비디오가 공개된 탓에 전혀 어려움이 없었다. 하지만 유혜리와 조병수에게 자유주의는 베일에 싸인 외모였다. 그렇기에 그 궁금증이 상당했었다. 그런데 실제 오프라인 모임에서도 자유주의는 여전히 신비주의 전략을 유지했다. 콧등까지 확실하게 가리는 블랙 마스크에 NYPD 마크가 찍혀 있는 모자를 눌러쓰고 나타났기에 그 얼굴을 확인하는 게 어려웠다. 궁금증을 견디지 못한 조병수가 물었다.

"자유주의야. 난 이 두 가지 의문이 해소되지 않으면 정말, 이 모임을 계속할 수 없을 것 같아."

"조병수. 넌 늘 그런 식으로 협박하는 데 익숙해. 그만두겠다는 말로 협박하는 걸 무슨 벼랑 끝 협상 카드처럼 사용하는데 적절하지 않아."

"말 좀 어렵게 빙빙 돌리지 말고. 내 질문에 답해 줘."

"어려운 말은 아니었지만, 뭐 조병수 네 지식 수준이 그렇다면 일단 접수하고. 질문해. 무슨 사적 질문이 그렇게 많은지 모르겠지만."

"그 얼굴 좀 공개할 수 없을까?"

"안 돼."

"왜 안 돼? 나하고 혜리는 다 공개했잖아."

그건 유혜리도 다소 억울했는지 조병수의 주장에 적극 동의했다.

"맞아. 나도 큰맘 먹고 마스크까지 벗고 얼굴 공개했는데. 자유주의 너도 공개해야지. 그래야 공정한 거 아냐?"

"우리 모임 규칙에 얼굴 공개가 필수란 항목은 없어."

"그래서?"

"얼공은 도의적으로 원하는 희망 사항일 순 있어도, 공개하지 않았다 해서 약속을 어긴 건 아니란 말이야."

"아 씨, 진짜 자유주의 너."

"자자, 그거 말고. 또 질문이 남았어. 왜 여기서 보자고 한 거야?"

질문을 던진 다음 조병수는 곧바로 오프라인 모임으로 자유주의가 지정한 약속 장소를 다시 살폈다. 이곳은 거래소였다. 시황 그래프가 시시각각 움직이고, 온라인 시대이지만 많은 사람이 오가는 곳. 유혜리가 주위를 두리번거리며 물었다.

"여기가 증권 거래소, 이런 곳이지? 여기 이렇게 교복 입고 들어와도 돼?"

"증권 거래소가 아니라 가상 화폐 거래소야. 비슷한 것처럼 보이지만 클래스가 다르지."

"어떤 클래스가 다르다는 거야?"

"수익률을 내는 규모가 달라. 가상 화폐는 모험 가치가 높은 자산인 만큼 위험 부담도 높아. 한마디로 하이 리스크, 하이 리턴이야. 들어는 봤어? 하이 리스크, 하이 리턴!"

"주변 말이 참 많다. 핵심만 말해 줄래?"

"그래. 위험 가치가 높은 만큼 수익률 규모 역시 일반 주식과는 비교할 수 없지."

"교복 입고 들어와도 돼?"

"Shit! 조병수. 그거야말로 멍청한 질문이야. 하지만, 꼭 대한민국 고딩들이 해야만 하는 질문이긴 하지."

"멍청하다고 말하니까 짜증나긴 하는데, 계속 말해 봐. 들어볼게."

"지금 이 시간에도 우리의 글로벌 고딩들은 빛의 속도로 머리 굴리며 돈 버는 데 혈안이 되어 있어. 미국의 십 대들은 지 스스로 번 돈으로 포르셰 끌고 다니면서 안정적인 수익 자산을 벌어 모으고 있단 말이야. 포르셰 살 돈을 개네들이 다 어디서 벌었을까? 바로 코인 같은, 미래를 내다보는 자산에 투자했기 때문이야."

자유주의가 열변을 토하는 동안 조병수가 눈치 없이 끼어들어 다음과 같이 맥락에도 없는 질문을 던졌다.

"미국 십 대들이 왜 포르셰를 타? 미국 차를 타야 하는 거 아니야?"

조병수의 그 질문에 자유주의는 코웃음 치며 반문했다.

"그러는 우리 엄마 아빠하고 니네 엄마 아빠는 왜 현대, 기아

안 타고 BMW, 벤츠 타냐? 조병수 너, 감각이 확실히 좀 떨어지는 편이다."

자유주의 벨트

이후 자유주의는 일단 현장 답사를 해야 한다며 유혜리와 조병수를 강남 이곳저곳으로 데리고 다녔다. 주로 지하철 2호선을 이용했다. 오후 시간인데도 강남역에서 삼성역까지 아우르는, 이른바 자유주의의 말을 따라 인용한 '자유주의 벨트'는 많은 사람으로 북적거렸다. 교복 입고 돌아다닌다 해서 이상한 눈으로 보는 것도 없었고, 말 그대로 별의별 사람들이 바쁘게 오가는 곳이 바로 '자유주의 벨트'였다.

이후에도 자유주의는 금융감독원 건물, 은행 건물, 공유 오피스, 스타트업 투자 전문 빌딩, 명품 전문 판매점, 수입차 매장 같은 곳을 바쁘게 돌아다녔다. 그렇게 오후와 저녁 시간이 지났다. 저녁 8시, 마지막으로 셋은 해산하기 전에 삼성역 맥도날드에서 햄버거 특 사이즈를 나눠 먹었다. 햄버거를 사이좋게 나눠 먹던 중 자유주의가 이 사적 공부 모임, '2005년생이 온다'의 실천 방향을 비교적 상세히 설명해 주었다.

"솔직히 고백할까?"

"뭘?"

"난 니네들이 이렇게 순순히 따라와 줄 줄은 몰랐어. 과외니

선행 학습이니 받느라고 시간 없었을 텐데 시간 내줘서 제법 어메이징했지."

"뭘, 새삼스럽게."

햄버거를 더치페이해서 나눠 먹자고 먼저 제안한 건 자유주의였다. 하지만 녀석은 어느새 말하는 중에 주문한 햄버거 한 개를 혼자 다 섭취 완료하고 있었다. 녀석은 입안에 패티며 양파와 같은 샐러드 재료를 잔뜩 문 채 쉼 없이 말을 이었다. 마스크도 벗지 않고 입안으로 햄버거를 밀어 넣는 탓에 조병수와 유혜리의 인상이 차츰 짜증스러워지긴 했다. 그렇지만 자유주의의 설명은 충분히 들어줄 만했다.

"내가 보름 전에 말했었지. 우리의 사적 공부 모임 '2005년생이 온다'의 목표는 조기 은퇴라고. 너희들. 조기 은퇴의 뜻은 알지?"

그 질문엔 유혜리가 잽싸게 답했다.

"미국에서 유행하는 파이어족 같은 거잖아. 마흔 살 되기 전까지 바싹 벌었다가 은퇴한 뒤 그냥 막 놀고먹는 거."

"유혜리. 반은 맞았는데, 반은 틀렸어."

"뭐가 틀렸는데?"

"조기 은퇴라고 했는데, 시기를 너무 보수적으로 설정했거든."

"무슨 소리야? 마흔 살 은퇴도 늦어?"

"당근."

"그럼, 몇 살에 은퇴해야 하는데?"

"과학적 수치로 접근해야만 답을 알지. 낭만적인 거 말고 절대 과학적으로."

그렇게 말한 자유주의가 가방에서 제법 오래된 노브랜드 노트북을 꺼내 펼쳤다. 그리고 미리 준비해 두었던 엑셀 파일을 하나 오픈한 뒤 이를 조병수와 유혜리가 볼 수 있도록 활짝 펼쳤다. 그리고 제법 힘주어 말했다.

"2000년대 이후 인류의 나이는 현저히 연장되고 말았어. 끔찍하지만 우리 시대를 백 세 시대라고 하지. 그럼, 사람들이 몇 살까지 일하려고 들까?"

"글쎄……."

"일어나 숟가락 들 힘만 있어도 일을 하려고 나설 거란 말이야. 인간은 태어날 때부터 노동과 불안의 DNA를 갖고 태어난 존재니까."

"노동은 알겠는데, 불안은 뭐야?"

"멍청하긴. 노동, 곧 일 안 하면 뭔가 불안하고 자기 위치에서 밀려날 것 같은 감정을 말하는 거야."

"알겠어. 이해해."

"그럼 아마도 대다수 사람이 칠십, 팔십, 더 나아가 아흔 되는 해까지 일을 계속하려고 할 거란 말이지."

"그래서?"

"그런데 갈수록 일자리는 줄어들게 되어 있어. 전통적으로 인간이 해야 할 일을 기계, 로봇, 4차 산업이라 말하는 자동화라는 게 다 싹쓸이하게 되어 있단 말이야."

"아니, 그래서. 그거하고 조기 은퇴하고 무슨 상관인데."

"가만히 좀 들어봐. 조병수. 은근히 성격 급하네. 마! 이 대단한 깨달음을 얻는 데 그냥 수학 정답처럼 답만 딱 나오면 이해가 될 줄 아냐?"

"알았어. 알았으니까 말해."

"그래. 어디까지 말했더라. 아, 일자리는 줄어들고 일할 사람은 늘어나고. 이 불균형이 깊어질수록 이를 벗어나는 길은 분명해져."

"그 분명해지는 게…… 조기 은퇴다. 그 말 하고 싶은 거 아냐?"

"오케이! 굳이 비교하는 건 아니지만 조병수보다 유혜리가 두 배는 더 똑똑한 거 같은데?"

"잠깐, 잠깐만. 나 지금 다 이해했다고 안 했어. 오히려 더 이해가 안 돼."

"유혜리. 뭐가 그렇게 이해가 안 되는데?"

"조기 은퇴면 일찌감치 일을 안 하는 거잖아. 그럼, 백 세 시대를 어떻게 견뎌?"

"역발상으로 접근해야지. 역발상!"

"역발상?"

"그래. 백 세 시대 동안 일만 하려고 생각하는 사람과 비교해서 오히려 거꾸로 가야지. 일을 조기에 그만두고 놀아야 한다고. 왜 그럴까?"

"글쎄? 왜 그래야 하지?"

"간단해. 일하면 일할수록 손해야. 일하려고 나설수록 일자리는 줄어들고, 그러다 보니 스트레스는 엄청 쌓이고. 오히려 그 시간에 일을 안 하고 가진 돈이나 굴리면서 대충 시간 보내다 보면 스트레스 안 받고, 살맛 난다고. 흔히 말하는 가성비 완벽한 삶을 살게 된단 말이야! 알아들어?"

설득될 듯 말 듯한 자유주의의 주장이었다. 조병수와 유혜리는 여전히 이해하기 어렵다는 표정을 지었다. 자유주의는 이만하면 됐다는 표정을 지으며, 다음 모임을 예고하는 결론에 해당하는 마지막 질문을 던졌다. 이 질문에 대한 답을 듣고 나면 아마 다음 모임에 빠질 수가 없을 테니까.

"자자, 그럼 핵심을 질문해 볼게. 너희들은 몇 살에 조기 은퇴하는 게 목표가 되어야 한다고 생각해?"

"마흔도 늦었다고 했으니까 그보다 더 빨리 은퇴하란 말인데……."

"그러게. 그렇긴 한데……."

"소심하게 머리 굴릴 거야? 내가 답을 바로 말해 볼게."

"몇 살인데?"

"우리가 생각하는 가장 가성비 높은 조기 은퇴 나이는…… 더도 말고 덜도 말고 딱 스무 살!"

자유주의의 말을 듣는 순간 조병수가 마시던 제로콜라를 뿜으며 되물었다.

"스무 살?"

"스무 살에?"

"그래. 정확히 3년 후. 어때? 상상만 해도 짜릿하지?"

스무 살에 은퇴하기

파이어족: 경제적 자립, 조기 퇴직의 영문자를 합쳐서 만든 조어

모임의 성격을 분명히 밝힌 이후 자유주의는 단톡방을 개설한 뒤 1분이 멀다 하고 폭탄에 가까운 SNS 메시지를 투하했다. 주로 웹 문서 주소를 캡처하거나 파이어족이 되기 위한 경제적 자립에 관한 정보가 대부분이었다. 하지만 그 정도에서 멈추면 차라리 안도의 한숨을 쉴지도 모를 조병수와 유혜리였다. 도대체 어디서 구했는지, 알 수 없는 언어로 된 경제학 논문들을 하루에도 수십 개씩 단톡에 투하했다. 그것도 파일 첨부가 아니라 오천 자가 넘는 톡으로 올린 것이다.

단톡방에 강제 소환된 조병수와 유혜리는 SNS 플랫폼을 한가득 메우는 메시지 폭탄 때문에라도 일단은 단톡방을 나가고 싶었다. 실제로 유혜리는 여섯 번 정도 자발적 퇴장을 결심했다. 하지만 그때뿐이었다. 자유주의는 유혜리가 퇴장할 때마다 다시 불러들였다. 그리고 뼈아픈, 비록 선을 넘진 않지만 같은 나이의 친구를 험하게 가르치는 듯한 느낌이 담긴 경고 메시지를 투하했다. 물론 한두 문장으로 끝나는 경고가 아니었기에 전부 옮겨 담을 순 없지만 핵심을 구성하는 메시지를 소개하면 다음과 같다.

우린 이미 인생 루저가 되어버렸다. 어른들이 내버린 쓰레기나 치

우며 살아가는 인생이 되어버렸다고. 그럼 어떡해? 어차피 헬조선에서 살 거라면 경제적 독립이 최우선이야.

그러기 위해선 무조건 배워야 해? 교과서? 선행 학습? 그런 건 다 집어치워. 진짜 독립을 위해 진짜 돈 버는 법을 지금부터 배워야 해. 지금도 늦었거든.

그리고.

그리고.

정확히 3년 뒤엔 꼭 은퇴해야 해. 스무 살 이후에도 돈을 벌고 일하면 그거야말로 진짜 루저야. 루저.

질문이 있어

"나 진짜 궁금해서 그러는데 말이야. 그래. 하나만 묻자."

"조병수. 지난번에도 질문한다 해놓고 요점과 전혀 상관없는 질문 해서 시간 낭비를 일으킨 전력이 있어."

"아니야, 이번엔. 그리고 지난번 질문이 뭔지 정확히 기억나진 않아도 그때도 그 질문이 그렇게 무가치하진 않았어. 그러니까 난 말이야."

"그러니까 뭐?"

"너한테 이젠 질문해야겠어. 진짜 핵심적인 질문 말이야. 그건 여기 있는 유혜리도 같은 생각일 거야. 그렇지?"

사적 공부 모임 '2005년생이 온다'의 계속되는 강행군이 무려 6개월 동안, 그러니까 여름 방학 첫날을 맞이할 때까지 이어졌던 어느 날이었다.

여름 방학 첫날, 12시에 수업이 끝나 급식도 거르고 밖으로 나온 자유주의는 조병수와 유혜리를 데리고 어김없이 '돈', 더 정확하게는 '돈' 냄새가 솔솔 풍기는 장소 순례를 해야 한다며 둘을 어디론가 끌고 갔다. 그렇게 끌고 간 곳은 대규모 미술 시장이 펼쳐지는 삼성역 아트 페어 장소였다. 그림을 살 것도 아니지만 자유주의는 "진짜 부자들은 미술, 곧 그림 시장 거래를 통해 차익 실현을 이루기 위해선 돈이 벌리고 부풀려지는 장소에 가 있지 않으면 안 되는 거야. 알겠어?"라고 목에 핏대까지 세우며 열변을 토했다.

아트 페어에서 멈추진 않았다. 자유주의는 돈을 제대로 벌지 못하는 소외된 지역, 이른바 슬럼가도 가야 한다며 자신이 임의로 정한 변두리 지역을 여기저기 데리고 다녔다.

그렇게 얼굴이 붉어지면서까지 열변을 토하던 자유주의의 말을 참다못한 조병수가 가로막았다. 그리고 그 핵심 질문이란 것을 기어이 던졌다. 모든 걸 지배하려 하고 조병수 자신과 유혜리를 거의 바보 취급하던 자유주의의 말을 중간에서 잘라먹으면서까지.

"진짜 해야 할 말이 있다고."

"그러니까 그게 뭔데?"

"정말 그렇게 생각해?"

"뭘?"

"이 헬조선에서 벗어나려면 3년 후에 꼭 은퇴해야 한다는 거 말이야."

"와, 조병수 너."

"그리고 또 하나."

"또 있어? 그래. 말해 봐라. 또 뭐?"

"헬조선인지 뭔지 그 말 좀 그만해. 언제까지 내가 그 말을 들어야 해?"

조병수의 의견에 유혜리도 불쑥, 하지만 분명한 하나의 의견을 나타냈다.

"그래. 나도 지겹다. 헬조선 헬조선. 그게 무슨 게임 용어냐?"

그러자 자유주의의 표정이 한순간 차갑게 굳어졌다.

"너희들……. 지금까지 우리 모임, '2005년생이 온다'를 뭐로 생각한 거지?"

본격적인 대립이 시작되는 순간이었다. 하지만 이 대목은 새삼 생각해 보면 본명인지 별명인지 구분이 어려운 자유주의와 조병수가 거의 6개월 동안 함께한 강습의 결과물이었다.

3년 후 반드시 은퇴하여 남은 인생을 일하는 데 소비하지 말고 철저히 놀고먹기 위해 사용하자는 모임 '2005년생이 온다'에 꾸준히, 혹은 꾸역꾸역 참석하면서 발견한 조병수만의 소위 깨우침인 것이다.

유혜리는 이때, 자유주의가 처음으로 흥분하는 모습을 보았다. 보통 토론을 하거나 의견을 주고받는 자리에서 자기 의견이 막히거나 어려움에 부딪혔을 때 보이는 모습이 흥분이라면, 그게 맞다면 자유주의는 이 순간 분명 흔들리고 있는 게 틀림없었다. 블랙 마스크로 코와 입을 가리고 있었지만, 그의 흥분만큼은 감춰지지 않았다.

그러거나 말거나. 유혜리는 평소 자기가 생각해 온 것을 말했다.

"헬조선이란 말, 뭔가 세련되거나 진보적으로 보여서 사용한다는 생각밖에는 안 들어."

"거꾸로 생각해 봐."

"뭘?"

"그런 용어라도 안 쓰면 어른들이나 선생은 우리를 더 무능한 신인류 취급할 거라고. 그거 몰라? 감 안 잡혀?"

"그래도 그건 정직한 게 아니야. 난 굳이 헬조선이란 말을 쓰거나 얼마 안 가 한국이 망하거나 중국의 식민지가 될 거란 말에 동의하고 싶지 않다고."

10년 후엔 세계 패권 국가가 미국에서 중국으로 체인지될 테니 한국은 알아서 중국의 식민지가 되어야 하는데, 그러지 못하고 눈치만 볼 것이므로 우리 2005년생은 알아서 조기 은퇴해서 자신을 지켜야 한다는 식의 예측도 모두 자유주의가 전달해 준 내용이었다.

물론 그것도 자유주의가 순수하게 창작한 생각은 아니다. 인터넷, SNS, 유튜브, 구글 등에 부유하는 수많은 데이터 알고리즘 중 자유주의가 주장하고 싶은 내용을 뒷받침하는 자료를 편집한 것에 불과했다. 그래서 조병수는 주장해야만 했다. 반대 의견도 충분히 있을 수 있다는 걸. 어느덧 자유주의는 유혜리의 눈치를 보며 질문을 계속했다.

"동의하지 않으면? 넌 또 이 바보 같은 입시 제도와 어른들이 닥치는 대로 깔아놓은 우울한 교육 제도의 희생양이 되는데, 그래도 좋아?"

"아니, 나도 반대야. 나도 2005년생이니까. 나도 내 할 말을 해야 하니까."

"그러니까. 그런데 왜 바보같이 내 계획에 동참하지 않고 반대 의견 쏟는 것으로 시간을 낭비하냐고. 이것 봐, 조병수. 넌 혹시 지금 반대를 위한 반대를 한다는 생각은 안 해봤어?"

"그런 건 잘 모르겠어. 하지만, 난 반대를 할 거면 상대와 조금은 대화를 해야 한다고 생각해."

"무슨 대화?"

"우리 2005년생이 이렇게 힘들다, 어렵다, 그러니까 어떤 더 좋은 계획이 있을지 말해 달라. 아님, 우리 생각도 들어달라. 이렇게 대화를 해야 하는 거 아니야? 그런데 넌……."

"말해 봐, 계속. 하고 싶은 대로 떠들어보라고."

"넌 대화 자체가 목적이 아니잖아."

"그게 목적이 아니지. 대화는 무슨 대화야. 말도 안 통하고 시간 낭비인데, 가성비 떨어지게 설득은 왜 하고 대화는 왜 하냐고."

"그래서 얻은 결론이 신종으로 돈 버는 일이나 찾아다니고 정보나 수집하고, 그러다가 어쩌다 운 좋아서 대박 나면 3년 안에 떼돈 수준으로 돈 모아서 은퇴하자. 겨우 이런 거였어?"

"오 마이 갓. 조병수. 돈 버는 걸 '겨우'라고 생각하다니. 너하고 도 이젠 말이 안 통하는 시즌이 온 것 같다."

"하나만 더 말할게. 왜 넌 이제 학교를 더는 믿지 않으려 해?"

"무슨 소리야. 한얼고등학교 다니고는 있잖아. 내가 뭐 그만둔 것도 아닌데."

"온라인 수업이든 대면 수업이든 넌 늘 자고 있잖아. 화면 꺼놓 고. 선생님 설명은 아예 듣지도 않잖아."

"들을 게 없으니까! 하나 마나 한 꼰대 같은 소리만 늘어놓는 데, 그게 무슨 들을 가치가 있어?"

"그렇게 말하는 자유주의, 네가 꼭 꼰대 같아."

"말이 영 심해진다, 너."

"내가 심해지는 게 아니라 네가 처음부터 심했어."

감정싸움일 수 있다. 남자들끼리의 주먹이 오갈 수도 있는 긴 장감이 맴돌았다. 이렇게 말하고는 있지만, 그사이 조병수도 자 신 또한 학교를 갑갑하게 느낀다는 걸 충분히 실감했다. 그 말인 즉 자유주의와 반대 의견을 가졌다고 해서 닭살 오르게 선생님 이나 학교의 교육 방식을 선호하는 게 아니란 뜻이었다.

거기까지 생각이 미치자 조병수는 스스로에게 물었다. 구구절 절 맞는 것 같고 멋있어 보이는 자유주의의 말과 주장에 왜 반대 했는지. 아무리 생각해도 그 질문에 대한 답은 하나였고, 조병수 는 자신도 모르게 혼잣말을 하듯, 그러면서도 동아리 멤버 중 한 명인 유혜리를 바라보며 그 답을 던졌다.

"아무리 생각해도 3년 후에 은퇴하는 건…… 오히려 가성비가 떨어져."

혼잣말이었지만 그건 결국 유혜리에게도 결단을 요구하는 순간으로 돌아왔다. 잔뜩 흥분한, 이제는 제어 불가능한 상태가 된 자유주의가 다그치듯 물었다.

"유혜리. 너도 입장을 확실히 밝혀. 너도 조병수와 똑같이 생각해? 우리 나이답지 않은 이런 특별하고 독자적인 움직임이 가성비가 떨어져 보이냐고."

조병수의 의도와 다르게 상황은 이제 '2005년생이 온다' 모임의 지속 여부에 관한 결단의 시간으로 이어졌다. 자유주의가 약간의 한숨을 내쉰 뒤 말을 이었다.

"그래. 차라리 잘됐어. 우리 이제 결정하자. 나도 사실 시대감각 떨어지는 너희들과 이 놀라운 자유를 이야기하는 게 좀 어려웠거든."

"그래서? 뭘 어떻게 하자고."

"나한테 반기를 든 이상 과반수로 결정하자는 거야."

"고작 딱 세 명 있는 모임에 과반수는 무슨. 그럼 뭐야. 폭탄을 유혜리에게 주고 유혜리가 결정하게 하자는 거잖아."

"난 그게 제일 합리적이라 생각해. 자, 유혜리."

"듣고 있어. 말해."

"결정하자. 넌 어느 편이야?"

"정말 유치하다. 자유주의. 혜리가 뭐 어린 애야? 니 편 내 편 정하게."

"원래 마지막 선택의 순간은 유치한 거야. 그럴 수밖에 없어. 자자,

시간 아까우니 결정하자. 유혜리."

"왜 자꾸 이름 불러. 질문은 이미 결정된 거 아냐?"

"그래. 그래도 확실히 하자. 넌 어떻게 할래? 나랑 같이 할래? 아님, 이 멍청한 조병수랑 같이 할래?"

"쉽게 단정하지 마라. 내가 왜 멍청해."

"뭐가 어떻게 되든. 일단 유혜리가 선택하면 되는 거야. 유혜리가 선택하는 쪽으로 '2005년생이 온다'는 결정되는 거야."

"아이씨. 진짜 유치하네. 나 이런 식의 강요, 선택, 싫어하거든?"

"그래도 말해야 돼. 폭탄의 키는 네가 쥔 거니까."

나름 중요한 순간이었다. 유혜리는 그야말로 느닷없이 폭탄을 떠안은 표정으로 조병수와 자유주의, 둘을 번갈아 바라봤다. 둘의 설명을 듣긴 했는데, 어느 편을 지지해야 할지 답이 나오지 않았다. 막막했다.

그리고 유혜리는 마지막 솔직함을 감추지 않았다. 막막한 그대로 자기가 할 수 있는 최선의 결단을 내렸다. 유혜리의 결단은 또다른 형태의 질문이었고 그건 자유주의와 조병수, 둘 모두에게 새로운 과제로 다가왔다.

"꼭 둘 중 하나를 택해야 돼? 둘 다 안 하거나…… 둘 다 하면 안 돼? 그게 2005년생 아니야?"

다시, 2005년생이 온다

그렇게 여름이 지나고 한얼고등학교의 2학기 수업이 시작되었다. 비대면에서 대면으로 전환하는 수업이었다. 온라인이 답답했던지 선생님들은 다수가 대면 수업을 좋아했다. 학생들 얼굴을 직접 보는 걸 대체로 반가워했다. 학생들은 그저 그렇다는 표정이었다. 확실히 학교 자체에 흥미를 갖는 친구들은 그렇게 많지 않았다. 나와야 해서 나온다는 표정이었지만 그렇다고 쉽게 그만둘, 포기가 담긴 표정은 아니었다.

조병수가 자기 자리에 앉아 제일 먼저 찾은 건 같은 반, 자유주의의 모습이었다. 여름에 그렇게 헤어지고 난 뒤, 처음 보게 되는 모습일 것으로 예상했다. 하지만 첫 수업을 앞둔 10분 전이 될 때까지도 자유주의는 나타나지 않았다. 유혜리가 5분 전에 나타났다. 유혜리는 자신이 언제 그랬냐는 듯 조병수를 보고 빙긋 웃으며 손짓하는 것으로 인사를 대신했다. 유혜리가 이른바 기권 내지는 중립기어를 꽉 박아버린 탓에 '2005년생이 온다'는 더는 사적 공부 모임으로 진행되지 못했다. 자연스럽거나 엉거주춤한 해산이었다.

뭐, 거기에 대해서 조병수는 큰 의견이 있거나 하진 않았다. 다만 자유주의의 행방은 궁금했다. 그 친구는 어떤 모습으로 나타날까. 나타나면 뭐라고 할까.

하지만 첫 수업이 시작되고 하루가 지날 때까지. 그리고 그다음 날에도 자유주의는 등교하지 않았다. 선생님도, 친구도, 온라인 수업 때 분명히 보았고 들었던 자유주의에 대해 더는 말하지 않았다. 단지 소문만이 무성했다. 자유주의가 학교 또 어딘가에서 '2005년생이 온다'를 비밀리에 결성해 활동한다는 소문도 은근히 나돌았다. 하지만 자유주의가 어디에 있는지, 뭘 하는지 누구도 쉽게, 혹은 공식적으로도 묻지 않았다. 자유주의가 이 학교에 없는 존재는 분명 아니었지만. 어떤 식으로든 활동하는 게 맞았지만, 단지 누구도 묻지 않을 뿐이었다.

그래서 조병수는 다시 생각하기로 했다. 아니, 다시 시작해 보기로 했다. '2005년생이 온다'를 말이다. 그 결심을 밝힌 건 역시 구관이 명관이라 했던가. 유혜리였다. 조병수의 결성 의지를 들은 순간, 유혜리가 기다렸다는 듯이 말했다.

"자유주의가 궁금해서 결성하자는 거야?"

유혜리의 질문에 조병수가 슬쩍 고개를 가로저으며 답했다.

"자유주의는 자유주의의 방식대로 하는 거고, 우린 우리의 방식대로 해보려고."

"조금 어려운 말인데?"

"유혜리. 네가 했던 말 그대로 인용한 거야."

"무슨 말?"

"둘 다 안 하거나, 둘 다 하거나. 뭐든 눈치 보지 않고 말하는 거. 그게 우리 방식이라고."

아무리 엮어보려 해도 연결고리가 마땅하지 않은 이 사적 공부 모임을 조병수는 다시 시작하기로 했다.

어떤 방식으로 시작할지, 어떤 특성을 가진 모임일지. 그래서 얻는 가성비가 진짜 뭔지, 아무것도 장담할 수 없지만. 어쨌든 시작할 것이다. 그래도 시간은 가고 2005년생은 계속될 거니까.

● 작가의 말

    가성비란 말이 생긴 게 언제부터인지 생각해 봤습니다. 거창하게 보면 태어날 때부터 우린 우리의 쓰임새를 안고 태어난다는 점에서 각 사람이 태어날 때부터가 아닌가 싶네요. 그런데, 이 가성비에 관한 개념이 우리의 인생 계획에서 최우선 목표가 되어버렸다는 사실을 발견하고는 작품을 쓰는 내내 제법 우울하다는 생각이 머릿속에서 지워지지 않았습니다. 태어난 것 자체가 가장 우수한 성능을 장착한 것일진대, 그게 아니라 자라면서 경쟁하고, 비교하고, 비교당하면서 점점 한 개인이 상품이 되어가는 게 아닌가 하는 씁쓸한 마음을 한 편의 소설에 담아봤습니다. 그래서 작은 반발의 결말도 적어넣은 것 같고요. 신기한 주제이지만, 접근하기 어려운 소재인 것도 맞습니다. 이 신기한 주제의 소설, 예쁘게 묶어주신 해냄출판사 여러분께 머리 숙여 감사드립니다.

주원규

2009년 제14회 한겨레문학상 수상작인 『열외인종 잔혹사』를 비롯해 장편소설 『서초동 리그』 『나를 모르는 사람들에게』 『특별관리대상자』 『메이드 인 강남』 등을 썼다. 그 외에도 에세이 『아이 괴물 희생자』 『황홀하거나 불량하거나』 등이 있다. 2017년 tvN 드라마 〈아르곤〉을 집필했고, 2019년 OCN 오리지널 드라마 〈모두의 거짓말〉의 기획 집필에 참여했다.

그리고 행성에는 아무도 없었다

정

명

섭

비상사태를 알리는 붉은색 조명 아래 열 명의 사람과 안드로이드들이 어깨와 가슴을 짓누르는 안전 바를 불안한 표정으로 붙잡고 있었다. 그도 그럴 것이 잘 타고 가던 우주 여객선이 갑자기 운석과 충돌하면서 비상 탈출 캡슐을 타고 낯설고 외딴 행성으로 비상 착륙해야 하는 상황에 처했기 때문이다.

— XG 2214 행성으로 진입 중입니다. 승객들은 충격에 대비하십시오. 충격에 대비하십시오.

비상 탈출 캡슐의 인공지능이 외치는 소리를 들은 솔롱고는 짜증을 냈다.

"이 와중에 존댓말이야?"

옆 좌석에 앉아 있던 아리아나가 그 얘기를 듣고는 고개를 절레절레 흔들었다.

"인공지능을 무시하는 거예요?"

"무시하긴. 이 와중에 꼬박꼬박 예의를 지키는 게 놀라워서 그랬다고."

"우주 비행사였다면서요? 그럼 이런 상황은 많이 겪어봤을 거 아니에요?"

아리아나의 물음에 솔롱고는 고개를 저었다.

"이런 소리를 듣는다는 거 자체가 목숨을 걸어야 하는 상황이라고. 나는 죽기 싫어. 진짜 무섭다고."

덜덜 떠는 솔롱고의 얘기를 들은 아리아나는 한심한 눈으로 바라봤다. 물론 진짜 눈이 아니라 양자 컴퓨터와 연결되는 인공 안구였다. 로봇이나 안드로이드에게 태생적으로 거부감을 느끼던 솔롱고는 오른쪽 자리에 앉은 승객에게로 고개를 돌렸다. 하지만 그쪽도 만만치 않았다.

"인간이 우주를 마음껏 다니는 27세기 아니겠습니까? 그런데 조난 사고는 계속되네요."

"우주선을 타고 이동하면 겪을 수밖에 없는 일이죠. 그래서 우리 회사에서 전송 장치를 개발 중인 것이고 말입니다."

머리를 제외한 모든 부분을 기계 부품으로 교체한 마우타는 어깨를 으쓱거렸다.

마우타의 말에 솔롱고는 이 와중에도 자기 회사 선전이냐고 투덜거렸다. 다시 반대쪽을 바라봤는데 도저히 말을 걸 분위기가 아니라서 입을 다물었다. 니이라고 불리는 키 큰 아프리카계 여성은 온몸에 레이저 문신을 하고 있었다. 행성 전쟁 때 맹활약한 전직 군인으로, 수백 명의 반란군을 맨손으로 잔인하게 죽였다는 소문을 떠올린 솔롱고는 투덜거렸다.

"레이저 총을 쓰는 시대에 무슨 야만적인 얘기야."

니이가 그 얘기를 들었는지 고개를 들었다. 움찔한 솔롱고가 입을 다물자 니이가 말했다.

"고개를 들어."

"뭐라고?"

"고개를 숙이면 캡슐에 충격이 왔을 때 턱을 부딪히거든."

그 얘기가 끝나기 무섭게 엄청난 충격이 캡슐을 뒤흔들었다. 고개를 숙인 채 얘기를 듣고 있던 솔롱고는 가슴에 걸쳐져 있는 안전 바에 턱을 부딪히고 말았다. 생명 유지 장치와 결합된 헬멧을 쓰고 있긴 했지만 충격을 완벽하게 막아주지는 못했다.

"윽!"

솔롱고의 비명소리를 들은 몇 명이 대놓고 비웃었다. 경망스럽고 말이 많은 데다가 로봇이나 안드로이드를 차별하는 그의 모습을 좋게 보지 않았기 때문이다.

"제기랄."

지표면에 착륙한다는 비상 탈출 캡슐의 경고가 계속 이어지는 가운데 솔롱고는 안전 바를 잡고 고개를 들었다.

"그냥, 다음번 우주선을 탈걸."

후회하는 순간, 쾅 하는 소리와 함께 엄청난 충격이 비상 탈출 캡슐 안을 뒤흔들었다. 고개를 드는 것 정도로는 감당할 수 없는 충격에 솔롱고는 그대로 기절해 버리고 말았다. 정신을 잃기 전에 든 생각은 역시 다음번 우주선을 탔었어야 한다는 것이었다.

비록 꿈이었지만 그때의 일이 다시 생각나고 말았다. 우주 스테이션의 인공지능이 계속 경고를 날렸지만 솔롱고는 짜증을 낼 뿐 깨끗하게 무시했다.

'인공지능의 명령 따위를 따르고 싶지 않아.'

송신기를 끈 솔롱고는 부스터를 조정해서 7번 포트로 향했다. 빨리 도킹을 하고 휴게실에서 쉬고 싶은 생각뿐이었다. 지구 시간으로 열 시간 이상 우주 화물선을 조종하는 중이었기 때문이다.

'망할 놈의 인공지능.'

옆 좌석에는 구형 조종 로봇이 덩그러니 앉아 있었다. 원래 중간에 쉴 때 조종을 맡길 생각이었다. 그런데 출발 점검을 하던 인공지능이 구형 조종 로봇의 프로그램 업데이트가 안 되어 있다는 이유로 조종이 불가능하다는 판정을 내려버렸다. 솔롱고가 괜찮다고 항의했지만 목적지 중간에 소행성 지대가 있기 때문에 안 된다는 답변을 들었다. 컨디션이 엉망이었던 솔롱고는 조종석을 떠날 수 없었다. 지칠 대로 지친 솔롱고는 대기하라는 명령을 무시하고 비어 있는 7번 포트로 접근했다. 근접해서 도킹 레버를 내리면 끝이었기 때문이다. 스틱을 조종하면서 접근하던 솔롱고는 7번 포트 입구에서 나오는 연락선을 보고는 숨이 멎을 것 같았다.

"젠장, 여기서 왜 나와?"

급히 조종 스틱을 당겼지만 도킹하기 위해 내린 착륙용 장치가 연락선의 조종실을 꿰뚫었다. 충격을 받은 연락선은 튕겨 나가서 우주 스테이션에 충돌하고는 두 동강이 나고 말았다. 통신기로는 화물선 조종사의 비명소리가 들렸다. 솔롱고가 조종한 우주선은 무사히 7번 포트에 착륙했다. 통신기로 비상 경고음이 시끄럽게 울리자 솔롱고는 헬멧을 벗어서 내동댕이쳤다. 그리고 어떻게든 빠져나갈 방법을 찾다가 옆자리에 앉은 구형 조종 로봇을 바라봤다.

충돌 사고를 일으킨 솔롱고는 재판정에 섰다. 하지만 구형 조종 로봇이 조종을 맡았다고 떠넘겼다. 출발지의 인공지능이 조종 불가 판정을 내렸지만 강력하게 권유하지 않았다는 증언을 덧붙였다. 말도 안 되는 변명이었지만 인간과 비인간 사이에 문제가 생겼을 때는 대개 인간에게 유리한 판결이 내려졌다. 결국 구형 조종 로봇은 재생이 불가능한 파괴형을 선고받았고, 인공지능 역시 소멸되었다. 법적인 처벌을 피했지만 그에게도 조종 면허 박탈 및 피해 보상 판정이 내려졌다. 판사는 인간이라서 다행인 줄 알라는 말을 몇 번이고 했다.

재판이 끝나고, 가지고 있는 돈을 전부 털어서 피해 보상을 한 솔롱고는 멀리 외행성계로 떠날 준비를 했다. 어차피 처벌을 받았기 때문에 조종 관련 직업을 얻지 못할 게 뻔했다. 그래서 자신의 과거를 모르는 머나먼 외행성계에서 새로운 기회를 잡기로 했다. 마침 외행성계 중 하나인 알타이 행성의 우주 화물 운송 회사에서 초청장이 왔다. 조종 면허의 소지 여부에 상관없이 일거리를 주겠다는 제안과 함께 성간 우주선의 탑승 티켓이 왔다. 솔롱고는 행성 간을 오가는 우주 여객선에 미련 없이 탑승했다. 그런데 재수 없게도 자기장 폭풍에 휘말리고 만 것이다. 인공지능이 시키는 대로 비상 탈출 캡슐에 몸을 실은 솔롱고는 이 사고가 자신이 벌인 짓과 거짓말에 대한 처벌이 아닐까 하는 막연한 두려움을 느꼈다. 그래서 그걸 잊기 위해 일부러 시끄럽게 떠들었던 것이다.

솔롱고는 그 시점에서 정신을 차렸다. 현실로 돌아온 그는 한숨을 내쉬었다.

"젠장, 또 그때로군."

정신을 차린 솔롱고는 비상 탈출 캡슐이 비스듬하게 지표면에 착륙했다는 것을 깨달았다. 외벽들 중 일부가 개방된 것을 보면 사람이 숨 쉴 수 있는 대기가 있는 게 분명했다. 갑갑한 헬멧을 벗어버리고 생명 보호 장치를 껐다. 약간 눅눅했지만 숨을 쉴 수 있었다. 조심스럽게 좌석의 결속 버튼을 누른 솔롱고는 천천히 바닥에 발을 디뎠다.

"중력도 대충 비슷하군."

입고 있는 우주복에는 지표면의 중력을 지구 기준으로 맞춰주는 중력 유지 장치가 있었다. 그런데 그게 필요 없다는 생각에 솔롱고는 허리띠에 부착된 중력 유지 장치도 벗어버렸다. 홀가분

한 마음으로 바닥에 발을 디딘 그는 천천히 밖으로 나왔다. 비상 탈출 캡슐은 낙하 속도 때문에 땅속으로 몇 미터나 파고든 상태였다. 캡슐 조각들이 부서져 흩어진 구덩이를 걸어 나온 솔롱고는 주변을 돌아봤다. 지표면은 모래바람이 부는 황량한 사막이었다. 군데군데 모래언덕과 바위기둥들이 늘어서 있었다.

"망할, 일자리를 찾으려다가 조난을 당했네."

정신을 차린 탑승객들이 하나둘씩 밖으로 나오는 게 보였다. 가장 먼저 나온 건 역시 군인인 니이였다. 건장한 체격을 자랑하는 그녀는 솔롱고를 보고서는 헬멧과 중력 유지 장치를 벗었다. 그리고 그의 옆에 서서 땅속에 비스듬하게 박힌 비상 탈출 캡슐을 내려다봤다.

"이상해."

"뭐가?"

"거꾸로 착륙했잖아. 지금."

솔롱고는 그때서야 비상 탈출 캡슐이 땅속에 거꾸로 박혔다는 사실을 알게 되었다.

"저러면……."

솔롱고가 말을 잇지 못하자 니이가 대답했다.

"상부에 설치된 비상 통신 장치가 파손됐을 거야."

"그 얘기는 우리가 외부와 연락할 수 있는 방법이 없다는 뜻이지?"

고개를 끄덕거린 니이가 시선을 돌려 행성을 바라봤다.

"대기가 존재해서 숨을 쉬는 데 문제가 없긴 하지만 비상식량이 떨어지면 우린 끝이야. 거기다 이 행성에 뭐가 있는지도 모르고 말이야."

솔롱고 역시 같은 걱정을 하고 있었다. 인류가 우주로 진출한 이래 비슷한 지능을 가진 고등 생명체는 만나지 못했지만 무기가 없을 때는 충분히 위협적인 토착 생명체들은 많이 접했다. 대기와 중력이 있는데 인간이 정착하지 않는 행성이라면 그런 생명체들이 존재하고 있을 가능성이 높았다. 갑자기 긴장감을 느낀 솔롱고가 투덜거렸다.

"젠장."

정신을 차린 탑승객들이 하나둘씩 두 사람 주변으로 모여들었다. 안드로이드와 로봇들까지 포함해서 모두 열 명이었다. 인간처럼 유기질 피부로 겉을 씌웠다가 불에 타버린 전투용 안드로이드 맥워드가 짜증을 냈다.

"비싼 돈 들여서 피부를 씌웠는데 다 타버렸네."

주변에 모인 그들을 본 솔롱고가 뭔가 이상하다는 걸 느끼고는 중얼거렸다.

"이상하군."

"뭐가?"

니이의 물음에 솔롱고가 주변에 모인 생존자들을 천천히 바라보며 대답했다.

"알파 121번의 창가 좌석에 있던 탑승자들이야."

"같이 이동해서 그런 거 아니야?"

"계란은 한 바구니에 담지 않아. 같은 줄에 가족이나 친구들이 많이 타는데 비상 탈출 캡슐을 같이 탔다가 사고가 나면 몰살이 잖아."

"그래서?"

뭔가 알아챈 듯한 니이의 물음에 그는 어깨를 으쓱거리며 대답했다.

"보통은 다른 캡슐에 태워."

솔롱고의 대답을 들은 니이가 중얼거렸다.

"비상 탈출 캡슐이 거꾸로 착륙한 것도 그렇고 이상한 점투성이군."

그렇게 얘기를 주고받는 와중에 주변을 돌아보던 맥워드가 외쳤다.

"뭔가 접근해!"

잠시 후, 희뿌연 대기를 뚫고 소형 호버크라프트가 나타났다. 바닥에 조용히 착륙한 호버크라프트의 측면 도어가 열렸다. 니이가 허벅지의 인공 피부 안에서 소형 레이저 건을 꺼냈다.

"우주선을 타는데 무장을 하다니."

솔롱고의 말에 니이가 씩 웃었다.

"워낙 험한 꼴을 많이 봐서 말이야."

그사이, 호버크라프트에 접근한 마우타가 외쳤다.

"안에 아무도 없습니다."

그 얘기를 들은 승객들이 슬금슬금 다가갔다. 아무도 살지 않는 행성에 비상 착륙을 한 상황이라 때맞춰 도착한 호버크라프트가 반가울 수밖에 없었다. 레이저 건을 뽑아 든 니이가 안쪽을 조심스럽게 살폈다.

"부비트랩 같은 건 없는 것 같아. 일단 탑시다."

"안전할까?"

솔롱고의 물음에 니이가 주변을 돌아보며 말했다.

"여기가 더 위험할 거 같은데?"

그녀의 말이 끝나자 다들 약속이나 한 듯 안으로 들어갔다. 나중에 탄 카이슨이 인상을 찌푸렸다.

"굉장히 낡았는데 가다가 추락하는 건 아니겠죠?"

매사에 부정적이었던 그녀는 자신을 웜홀을 연구하는 학자라고 소개했다. 솔롱고가 그런 그녀를 향해 이죽거렸다.

"우리가 탔다가 추락한 우주 여객선이 건조한 지 12년밖에 안 된 건 알아?"

카이슨은 별다른 대꾸 없이 의자에 앉았다. 그 뒤로 우주 여객선의 치안 경찰이자 비상 탈출 캡슐의 감독관 임무를 맡은 피치스가 탔다. 여전히 반짝거리는 다이달로스 경합금으로 된 방탄판을 착용하고 있었다. 인간으로서 마지막에 탄 자는 아큘러스였다. 달에서 채취한 값비싼 크리스털로 만든 보호 안경을 쓴 그는 여행가이자 작가라고 자신을 소개했다. 느긋하게 자리에 앉은 그는 다리를 꼰 채 주변을 바라봤다. 마치 남을 내려다보는 듯한 눈빛과 태도에 솔롱고는 짜증을 냈다. 무엇보다 그가 찍은 여행 홀로그램은 그다지 재미가 없었다. 그럼에도 풍족한 생활을 하는 건 다른 직업이 있거나 혹은 남을 속이는 무슨 짓을 하고 있다는 것으로 비쳤다.

그 뒤로 우주 여객선에서 승객들의 시중을 드는 임무를 맡은 한 쌍의 안드로이드가 탔다. 인간의 외모를 가지고 있었지만 머리에는 헤드셋 같은 통신 장치가 나와 있었고, 등 뒤쪽은 외골격이 노출된 상태였다. 인간처럼 보이지만 안드로이드라는 걸 확인할 수 있도록 만든 것이다. 두 안드로이드의 가슴에는 MN-64와 MN-65라는 표시가 붙어 있었다. 그들이 타자 도어가 서서히 닫혔다. 그리고 엔진이 도는 소리와 함께 소형 호버크라프트가 서서히 떠올랐다. 불안한 표정으로 먼지 낀 창밖을 바라보던 카이슨이 솔롱고에게 물었다.

"이거 어디로 가는 거죠? 조종사나 조종 로봇도 안 보여요."

"아마 출발지와 도착지를 조종용 양자컴퓨터에 입력했을 거야."

"도착지는 어딜까요?"

"멀지 않을 거야. 우리가 탄 건 소형 호버크라프트라서 멀리 가지 못하거든."

그의 말이 끝나기가 무섭게 호버크라프트는 서서히 속도를 늦췄다. 그리고 거대한 동굴 안으로 들어갔다. 창밖이 어두워지자 다들 마른 침을 삼키고 두려워했다. 그때, 어딘가에서 노래가 들려왔다.

열 명의 조종사가 행성에 도착했네.
한 명이 공기가 없어서 아홉 명이 되었네.
아홉 명의 조종사가 밤늦도록 놀았네.
한 명이 늦잠을 자 여덟 명이 되었네.

여덟 명의 조종사가 낯선 행성을 탐험했네.

한 명이 돌아오지 않아 일곱 명이 되었네.

일곱 명의 조종사가 벌집을 건드렸네.

한 명이 벌에 쏘여서 여섯 명이 되었네.

여섯 명의 조종사가 우주선을 건드렸네.

한 명이 불에 타서 다섯 명이 되었네.

다섯 명의 조종사가 하늘을 나는 법을 배웠네.

한 명이 떨어져서 네 명이 되었네.

네 명의 조종사가 술래잡기를 했네.

한 명이 잡혀서 세 명이 되었네.

세 명의 조종사가 뜀박질을 했네.

한 명이 숨이 차서 두 명이 되었네.

두 명의 조종사가 태양을 바라봤네.

한 명이 태양에 녹아서 한 명이 되었네.

한 명의 조종사가 홀로 남았네.

심심해진 그는 홀로 죽었네. 그리고 행성에는 아무도 없게 되었네.

"재수 없게."

솔롱고가 투덜거리자 니이가 건조한 목소리로 물었다.

"왜?"

"굉장히 재수 없는 노래야. 그래서 조종사들은 조종간을 잡을 때 절대 부르지도, 듣지도 않아."

솔롱고가 얘기하는 사이, 소형 호버크라프트가 지상에 멈췄다.

그리고 측면 도어가 서서히 열렸다. 솔롱고는 반복적으로 들려오는 괴상한 노래를 피하기 위해 제일 먼저 밖으로 나왔다. 그 뒤로 시중용 안드로이드들이 따라서 내렸다. 동굴 안이었지만 주변에 조명 장치들이 자동으로 켜지면서 어느 정도 둘러볼 수 있었다. 한쪽에 금속제 발판이 쭉 깔려 있었다.

"여길 따라가라는 얘긴가요?"

피치스의 물음에 솔롱고가 대답하려는 순간, 소형 호버크라프트의 측면 도어가 굉장히 빠르게 닫혔다. 그리고 아리아나가 비명을 질렀다.

"안에 사람이 남았어요."

측면 도어의 유리창에는 아큘러스의 모습이 보였다. 도어를 열어달라고 소리치며 유리창을 두드리던 그의 얼굴이 점점 붉어졌다.

"왜 저러는 거죠?"

아리아나의 물음에 그가 대답했다.

"공기! 안에서 공기가 빠지고 있어."

고통스러워하던 아큘러스는 결국 목을 부여잡고 쓰러졌다. 솔롱고가 손으로라도 열어보려고 했지만 측면 도어는 꿈쩍도 하지 않았다. 그사이, 바닥에 쓰러진 아큘러스는 고통스럽게 몸부림을 치다가 축 늘어졌다. 그러자 마치 약 올리기라도 하는 듯, 굳게 닫혀 있던 측면 도어가 열렸다. 그걸 본 아리아나가 니이에게 소리쳤다.

"왜 레이저 건을 쓰지 않은 거죠?"

"표면에 경화 처리가 되어 있어서 이걸로는 흠집밖에 못 내."

차갑게 대꾸한 니이의 말에 아리아나가 큰 충격을 받은 표정으로 그 자리에 주저앉았다. 솔롱고 역시 눈앞에서 사람이 죽는 것을 보고는 할 말을 잃었다. 우주선 안에서는 별의별 사고들이 일어났고, 가끔 사람들이 죽거나 실종되곤 했다. 하지만 이런 어처구니없는 방식으로 사람이 죽는 건 처음이었다. 그것도 낯설고 외딴 행성에서 벌어진 일이라 더욱더 불안했다. 다들 같은 생각인지 얼어붙은 것처럼 꼼짝도 하지 못했다. 바닥에 주저앉은 아리아나가 훌쩍거리며 울었다. 나머지는 위로해 주거나 혹은 짜증을 내지도 못한 채 멍하니 지켜봤다. 누구든 저렇게 죽을 수 있다는 공포감에 아무것도 못 한 것이다. 솔롱고 역시 두려움과 허탈함에 꼼짝도 하지 못했다.

"첩첩산중이네. 어쩌지."

그때 고개를 돌린 니이가 동굴 안을 돌아봤다.

"자연적으로 만들어진 동굴이 아니야."

"그럼?"

그의 물음에 니이가 매끈한 벽을 턱으로 가리켰다.

"레이저 커팅기로 다듬은 흔적이야. 거기다 여긴 소형 비행선이 착륙할 수 있는 포드와 조명 장치가 설치되어 있잖아. 군대에서 만든 거야."

니이의 말에 사람들이 차츰 반응을 보였다. 솔롱고는 그녀가 왜 그런 말을 했는지 알아차렸다. 사람들을 무기력하게 만드는 두려움을 없애버리기 위해서였다. 그는 맞장구 치듯 물었다.

"그럼 군인이 있을 수 있단 얘기네?"

"모르지. 그나저나."

소형 호버크라프트를 돌아본 니이가 얼굴을 찡그리며 덧붙였다.

"이상해."

"뭐가?"

"아까 조종사의 노래라고 했지? 거기서 첫 번째로 죽은 조종사가……."

솔롱고는 니이의 말뜻을 바로 알아차렸다.

"공기가 없어서 죽었지. 아큘러스처럼 말이야."

"처음부터 아큘러스를 노렸던 것 같아."

니이의 말에 솔롱고는 움찔했다. 사고가 아니라 의도된 죽음일지 모른다는 말에 겁이 났다. 속으로 아니라고 생각한 그가 힘주어 대답했다.

"설마, 누가 제일 늦게 내리는지 어떻게 알아?"

"아큘러스가 나중에 탔어. 뭐든 제일 늦게 움직이는 습관이 있는 것 같아."

"안드로이드들이 제일 나중에 탔어."

니이가 두 안드로이드들을 바라보면서 대답했다.

"걔들은 공기가 없어도 상관없잖아."

둘이 얘기를 주고받는 사이, 스피커를 통해 전자음이 들려왔다.

— 발판을 따라오십시오.

그러면서 발판 위로 조명이 비쳤다. 갑작스러운 상황에 다들 어쩔 줄 몰라 했다. 솔롱고 역시 우두커니 바라만 봤다. 혹시나 괴물이나 살육에 미친 기계의 함정일지 모른다는 생각이 들었다. 하지만 방금 목격한 죽음이 그의 등을 떠밀었다.

"어쨌든 죽음에서는 멀어지잖아."

그의 말을 듣기라도 한 듯 두 안드로이드들이 앞장서서 걸어갔다. 그리고 조용히 있던 맥워드가 그 뒤를 따라갔다. 안절부절못한 채 서 있던 피치스가 솔롱고를 바라봤다.

"뭐가 어떻게 돌아가는 겁니까?"

"나도 몰라. 일단 가기나 해."

"이상한 게 있으면요?"

솔롱고는 징징거리는 피치스에게 말했다.

"그럼 여기 남든가."

솔롱고의 얘기에 피치스는 재빨리 발걸음을 옮겼다. 그렇게 두려움을 품은 채 죽음에서 멀어지려는 아홉 명의 인간과 안드로이드들은 조명이 켜진 발판을 걸었다. 발판은 안쪽으로 이어졌다. 레이저 건을 뽑아 든 니이가 주변을 돌아보면서 중얼거렸다.

"여기 비상 배치 구역 같아."

"그게 뭔데?"

"행성 전쟁 때 전방에서 전투를 치르다가 휴식을 취하거나 부상을 치료하기 위해 만든 사이트."

"뭐가 있는데?"

"휴식을 취할 수 있는 방과 치료실, 식당, 그리고."

앞에서 걷는 일행들을 보던 니이가 작게 덧붙였다.

"비상 탈출용 로켓이 있어."

"정말?"

목소리를 낮춘 솔롱고의 물음에 니이가 고개를 끄덕거렸다.

"그런데 여긴 어떻게 가동되는 거지?"

"우리 편 군대가 근처에 도착하면 자동으로 위치 신호를 보내게 되어 있어. 아니면 가동할 수 있는 입력 코드를 넣거나."

"우린 군대가 아니잖아. 후자일까?"

"민간인들이 비상 배치 구역의 입력 코드를 가지고 있을 리 없잖아."

그사이, 앞서간 일행들은 작은 입구를 지나 커다란 공간으로 들어섰다. 레이저 건을 도로 넣은 니이가 중얼거렸다.

"식당이군."

긴 테이블과 의자들이 있고, 한쪽 구석에는 비상식량들이 산더미처럼 쌓여 있었다. 좌우 벽에는 작은 입구들이 촘촘히 늘어서 있었는데 위쪽에는 레이저로 침실과 창고, 의료실이라고 적혀 있었다. 다들 어리둥절한 표정으로 살펴보는데 테이블 위로 홀로그램이 떴다. 중년 백인 남성의 모습을 한 홀로그램이 말했다.

"어서 오십시오, 여러분. 저는 XG 2214 행성에 설치된 우주군의 비상 배치 구역을 관리하고 있는 군용 인공지능 리모스입니다. 비상 탈출 캡슐의 구조신호를 확인하고 호버크라프트를 보낸 것이 바로 저입니다."

리모스의 설명을 들은 니이가 물었다.

"우리는 군인이 아닌데 왜 수용한 거지?"

"여러분이 탄 탈출용 로켓에서 보낸 신호가 우주군의 신호와 비슷해서 시스템이 가동된 것 같습니다."

"군용 인공지능이 그것도 파악하지 못해?"

니이가 못 믿겠다는 말투로 묻자 리모스가 대답했다.

"사이버 공격을 비롯한 여러 가지 비상 상황에 대비하기 위해 시스템별로 분리되어 있고, 서로 영향을 끼치지 못하게 되어 있습니다. 왜 가동했는지 원인은 알 수 없습니다만 어쨌든 여러분을 구할 수 있게 되었네요."

리모스의 말에는 구해줬으니 더 묻지 말라는 뜻이 담겨 있었다. 그 뜻을 알아차렸는지 니이가 화제를 돌렸다.

"아까 입구가 잠긴 채 공기가 빠져서 한 명이 사망했어. 왜 그런 거지?"

"시스템 오류입니다. 설치된 지 백 년이 지났고, 오랫동안 대기 상태에 있다가 신호를 접하고 활성화된 상태여서 말입니다. 현재 시스템을 재부팅하고 점검 중입니다."

감정이 실리지 않은 인공지능 리모스의 대꾸에 아리아나가 소리쳤다.

"이 살인자!"

아리아나의 고함에 일행들은 뒤에 남겨두고 온 죽음을 떠올렸다. 자신이 죽지 않았다는 비겁한 안도감 뒤에는 자신도 그렇게 허망하게 죽을 수 있다는 두려움이 깊이 뿌리박혀 있었다. 살인자라고 연거푸 얘기한 아리아나가 힘없이 주저앉았다. 하지만 리모스는 대꾸도 하지 않고 얘기를 이어갔다.

"일단 휴식을 취하십시오. 동행한 안드로이드들에게 여러분을 돌보라는 지시를 내리도록 하겠습니다."

"구조신호를 먼저 보내줘."

솔롱고가 끼어들자 리모스가 고개를 저었다.

"이곳에는 외부와 연락할 수 있는 통신 장치가 없습니다."

"연락할 수 있는 방법이 없다고?"

"이곳은 군용 비상 배치 구역입니다. 사령부와의 연결 라인만 존재합니다. 하지만 행성 전쟁 이후 사령부가 소멸한 상태입니다."

"다른 곳으로 연락할 수는 없는 거야?"

"통신 장비 자체가 몇 개 회선만 쓸 수 있습니다. 그리고 그 회선으로 모두 신호를 보냈지만 답변이 오지 않고 있습니다."

리모스의 얘기를 들은 솔롱고는 짜증 섞인 말투로 중얼거렸다.

"맙소사."

니이 역시 다급했는지 빠르게 물었다.

"그럼 우리들은 어쩌라고."

"솔직히 말씀드리면 우주 여객선의 승객들이 비상 착륙했을 때를 대비한 매뉴얼은 준비되어 있지 않습니다."

"비상 탈출 우주선은 있지?"

그녀의 얘기를 들은 승객들이 술렁거렸다. 잠시 뜸을 들인 리모스가 대답했다.

"준비되어 있습니다."

"그럼, 그걸 우리에게 줘. 타고 나가서 구조를 기다릴게. 이곳은 우주선의 항해 통로라서 금방 구조될 거야."

니이의 얘기를 들은 승객들 사이로 잠깐의 희망이 스쳐 지나간 후, 리모스의 음성이 넓은 홀에 울려 퍼졌다.

"불가능합니다."

"왜?"

가시 돋친 니이의 물음에 리모스가 평온한 목소리로 대꾸했다.

"1인승이기 때문입니다."

"보통은 10인승 이상으로 배치하는 걸로 알고 있는데?"

"이곳의 대기가 지구와 비슷해서 우주로 보내려면 막대한 연료가 소모되기 때문입니다."

"그럼 한 명만 나가서 구조를 요청하고 나머지는 이곳에 머물면 되겠군."

니이의 말에 리모스가 고개를 저었다.

"비상 탈출 우주선을 우주로 올려 보내려면 비상 배치 구역이 보유하고 있는 에너지 92퍼센트를 소모해야 합니다. 그러면 남은 사람들은 단 3일밖에는 버티지 못합니다."

"여긴 대기가 있어서 따로 에너지를 쓸 일이 없잖아."

"인체에 치명적인 독성이 대기에 포함되어 있습니다. 그래서 구역 내부의 산소를 정화하는 데 막대한 에너지가 소모됩니다."

"그럼 밖으로 나가면 위험하겠군."

"사실 아까 외부의 대기에 노출되어서 상당히 위험한 상태입니다. 절대 비상 배치 구역 밖으로 나가지 마십시오. 이곳의 대기는 일산화탄소와 나이션스라는 행성 고유의 대기가 존재해서 30분

이상 노출되면 위험합니다. 산소 호흡기를 사용해야 하지만 필터가 오래되어서 효과가 없을 겁니다.”

“만약 우주선을 가동하지 않으면 얼마나 버틸 수 있지?”

“여섯 명의 인간과 세 대의 안드로이드라면 19일을 생존할 수 있습니다.”

“그 기간에 우리가 구조될 확률은?”

“비상 탈출 캡슐의 구조신호가 제대로 작동되었다면 21퍼센트입니다만 그렇지 않았다면 1.2퍼센트입니다.”

대답을 들은 니이가 다시 물었다.

“비상 탈출 우주선을 타고 나간 사람이 이곳으로 구조대를 데리고 오는 데 걸리는 시간은?”

“최대한 빠르면 4.5일, 늦으면 16.6일입니다.”

리모스의 얘기를 들은 승객들이 술렁거렸다. 얼굴을 살짝 찡그린 니이가 다시 물었다.

“그럼 어떤 선택을 해야 하지?”

“생존 확률이 가장 높고 가치 있는 사람이 비상 탈출 우주선을 타고 가야 합니다.”

리모스의 대답에 일행은 서로를 바라봤다. 어쨌든 비상 탈출 우주선을 타고 이곳을 벗어날 수 있는 건 한 명뿐이기 때문이었다.

“그게 누군데?”

잠시 전자음을 내던 리모스가 대답했다.

“군인이 아닌 민간인들을 대상으로는 판단할 수 없습니다. 여러분들이 판단해서 저에게 알려주십시오.”

"우리 중에 한 명을 뽑으라고?"

니이의 반문에 리모스가 말했다.

"인간들은 그걸 가성비라고 부르더군요."

리모스의 얘기에 승객들은 다들 굳은 표정으로 서로를 바라봤다. 마른 침을 삼킨 솔롱고가 중얼거렸다.

"가성비라……."

"맞습니다. 사전적인 의미의 가성비는 투자한 것에 비해 높은 효율을 거두는 것을 말합니다."

그 얘기를 듣고 발끈한 솔롱고가 쏘아붙였다.

"우리 중에 한 명만 나갈 수 있는 걸 가성비라고 할 수는 없잖아!"

"죄송합니다. 제 인공지능에서는 이런 상황에서 사용할 수 있는 적절한 용어가 없습니다."

리모스는 정중하게 사과했지만 어쨌든 한 사람만이 이 행성에서 탈출할 수 있다는 결론이었다. 자신이 가장 쓸모 있는 존재라는 걸 증명해야 한다는 사실에 사람들의 표정이 복잡해졌다. 그와중에 아까 일어났던 아큘러스의 죽음은 어느덧 잊히고 말았다. 남의 죽음을 생각하기에는 나의 생존이 더없이 중요했던 것이다. 그 때문인지 각자 방에서 쉬었다가 몇 시간 후 식사를 하러 나오라는 리모스의 말에 승객들은 복잡한 표정으로 각자 흩어졌다. 두 안드로이드들은 빠르게 움직이면서 음식 상자들을 정리했다. 리모스는 흩어지는 사람들을 향해 말했다.

"다음 식사는 여섯 시간 후입니다. 제가 호출할 테니 식당으로 오십시오."

빈방으로 들어간 솔롱고는 딱딱한 군용 침대에 누웠다. 낯선 행성에서 죽기 직전에 구조를 받았지만 막다른 골목에 몰리는 기분이었다.

"한 명이라."

비상 탈출 우주선을 탈 수 있는 생존 가능성이 높은 한 명이 누가 될지, 어떤 방법으로 뽑을지 고민이었다. 문득 두려운 생각이 든 그는 침대에서 일어나 문이 잘 잠겨져 있는지 확인했다. 그것으로도 불안하자 문 앞에 의자들을 쌓아서 막아뒀다. 그러고도 잠이 제대로 오지 않아서 뒤척거렸다. 그러다 얼핏 잠이 들었고, 식사를 하라는 리모스의 목소리가 스피커를 통해 들렸다. 눈을 뜬 솔롱고는 의자를 치우고 문을 연 다음에 식당으로 향했다. 그곳에는 먼저 도착한 사람들이 앉아서 안드로이드들이 차린 식사를 기다리는 중이었다. 빈 의자에 앉은 솔롱고가 니이에게 물었다.

"안 온 사람들이 있는 거 같은데?"

그러자 포크를 든 니이가 말했다.

"아리아나는 눈을 뜨지 못했어."

"자다가 죽은 거라고?"

그가 믿기지 않는다는 표정으로 반문하자 니이는 리모스를 바라봤다. 리모스가 차분하게 대답했다.

"아리아나는 기관지가 약해서 유독한 대기를 견디지 못한 것 같습니다. 낯선 곳에 온 충격과 상실감도 한몫한 것 같고 말입니다."

리모스의 얘기를 들은 니이가 음식 상자를 뜯으며 중얼거렸다.

"그래도 운이 좋네. 잠자면서 죽었으니까."

솔롱고는 그런 니이를 노려보다가 리모스에게 물었다.

"피치스는?"

"30분 전에 제 발로 동굴 밖으로 나갔습니다."

"왜? 탈출한 거야?"

"비상식량이나 장비들을 챙기지 않은 걸로 봐서는 탈출할 생각이 있었던 건 아닌 거 같습니다."

그걸 들은 솔롱고가 짜증을 냈다.

"그럼 경고를 해줬어야지."

"이곳에서 살아남겠다는 의지를 보이지 않았습니다."

리모스의 얘기를 들은 솔롱고는 이곳에 도착한 이후 피치스가 유독 말이 없어졌다는 것을 떠올렸다. 아마 리모스에게서 돌아갈 방법이 희박하다는 얘기를 듣고 스스로 목숨을 끊을 생각을 한 것 같았다. 하지만 솔롱고는 충분히 막거나 경고할 수 있었음에도 그저 지켜만 본 리모스가 얄미웠다.

"그렇다고 그냥 죽게 내버려둔 거야!"

솔롱고가 짜증을 내며 말하자 리모스는 짧은 전자음을 내면서 대답했다.

"사실 경쟁자가 한 명 줄어든 것은 여러분에게도 좋은 일 아닌가요?"

핵심을 찌르는 얘기라서 다들 입을 다물었다. 그사이, 두 안드로이드인 MN-64와 MN-65가 테이블 주변을 다니면서 동결 건조

식품을 데워 조리한 음식과 얼음으로 보존처리한 물을 내려놨다. 허기를 느낀 솔롱고는 의자에 앉아서 음식을 먹기 시작했다. 그러면서 뭔가를 떠올렸다.

"아홉 번째 조종사는 잠에서 깨어나지 못했고, 여덟 번째 조종사는 낯선 행성을 탐사하다가 사라졌지. 딱 노래대로 되었네."

낮은 목소리로 얘기했지만 일행들도 모두 들었는지 표정들이 무거웠다. 행성에 불시착한 지 얼마 되지 않아서 세 명이나 죽거나 사라졌다는 사실은 남은 사람들에게도 적지 않은 심리적 충격을 준 것 같았다. 특히 카이슨이 충격을 받았는지 음식을 먹는 내내 바닥을 내려다보면서 혼자서 중얼거렸다.

"이럴 줄 알았어. 그래서 웜홀로 이동하는 기술을 완성했어야 했는데."

카이슨의 이상한 행동을 보다 못한 맥워드가 소리쳤다.

"조용히 좀 해!"

그러자 카이슨 옆에 앉아 있던 마우타도 목소리를 높였다.

"닥쳐! 안드로이드 주제에 인간에게 소리치는 거야?"

"나도 감정을 느끼는 존재야. 법적으로는 인간과 같다고!"

"법적으로 같다고 대접까지 같을 수 없지. 깡통인간."

마우타의 얘기를 들은 맥워드의 눈빛이 강렬하게 빛났다. 그러고는 등 뒤에 감춰진 보조 팔을 펼쳤다. 두 개의 팔이 날개처럼 펴졌는데 끝에는 촉수처럼 된 레이저 건의 총구가 보였다. 그걸 본 솔롱고가 혀를 찼다.

"무장하고 타는 건 금지라니까."

맥워드가 보조 팔의 레이저 건 총구를 이리저리 돌리는데 옆에서 강렬한 빛이 쏘아졌다. 한쪽 보조 팔에 빛이 쏘이면서 그대로 녹아버렸다. 빛이 날아온 곳은 동굴 벽에 부착된 자동 방어 시스템 쪽이었다. 리모스가 팔짱을 낀 채 말했다.

"이곳에서 무기를 사용하면 잠재적인 적으로 간주됩니다. 인간이든 안드로이드든 말이죠."

경고를 받은 맥워드는 잠시 그대로 멈췄다. 이대로 끝날 것 같다는 생각에 안도의 한숨을 쉬는 순간, 맥워드가 남은 하나의 보조 팔을 움직여 방금 자신을 공격해 온 자동 방어 시스템을 공격했다. 그러자 다른 방어 시스템들이 작동되면서 맥워드를 사방에서 공격했다.

"으악!"

인공 성대가 녹아내리면서 비명소리가 사라졌다. 상체가 부서지고 녹아버리면서 하체 부분만 덩그러니 남았다. 순식간에 벌어진 일에 다들 아무 말도 못 했다. 특히 시비를 걸었던 마우타가 큰 충격을 받았는지 그대로 굳어버렸다.

"젠장."

다들 어쩔 줄 모르는 와중에 일행들의 식사 시중을 들던 MN-64와 MN-65가 말없이 맥워드의 잔해를 치웠다. 얼떨떨해진 솔롱고에게 니이가 말했다.

"벌집이야."

"뭐가?"

"저 방어 시스템. 병사들은 벌집이라고 불러. 하나를 파괴하면 다른 시스템들이 자동으로 움직이거든. 마치 벌집을 건드린 것처럼 말이야."

"맥워드가 몰랐던 거군."

그의 얘기에 니이가 고개를 저었다.

"아니, 알고 있었어. 전투용 안드로이드인데 벌집 시스템을 몰랐을 리가 없지."

"그럼 알고도 쐈다는 얘기야?"

"명예로운 죽음을 선택한 것 같아."

"죽음이라니, 안드로이드가 그런 걸 선택할 수가 있어?"

"전투용 안드로이드는 생존 가능성과 귀환 가능성이 소수점으로 떨어지게 되면 자살을 비롯해서 다양한 방식으로 작동을 중지할 수 있도록 되어 있어."

"그건 자폭이지 자살이 아니라고."

"어쨌든 맥워드는 자살을 택한 거야."

니이의 얘기를 들은 솔롱고가 허망한 말투로 중얼거렸다.

"노래대로 되어가는군."

그러고는 니이에게 물었다.

"넌 무슨 잘못을 저질렀는데?"

"잘못이라니?"

"열 명의 조종사 노래에는 앞 구절이 있어."

"어떤 구절?"

"나쁜 짓을 한 조종사라는."

니이는 솔롱고의 대답을 듣고는 문신이 그려진 한쪽 눈썹을 움찔했다.

"나쁜 짓?"

"지역이나 우주선마다 다르긴 하지만 보통 사고를 쳤다고 해. 그래서 행성으로 추방되어서 하나씩 죽어야만 했던 거지."

"그러니까 우리도 무슨 잘못을 저질러서 노래 속의 조종사처럼 죽는다는 얘기야?"

니이의 물음에 솔롱고는 고개를 끄덕거렸다.

"죽는 방식도 노래에 나오는 대로잖아. 숫자도 열 명이었고, 우주 여객선이 추락한 것부터 예정된 것 같아."

"우연의 일치일 거야. 난 잘못을 저지른 적 없어."

차갑게 대꾸한 니이가 돌아서서 자기 방으로 향했다. 솔롱고도 아니라고 믿고 싶었지만 맥워드의 죽음을 직접 목격하면서 확신이 들었다.

"이건 함정이라고. 누군가의 함정에 빠진 거야."

같은 말을 중얼거린 솔롱고는 머리를 쥐어뜯었다. 머릿속에서는 열 명의 조종사 노래의 구절이 계속 맴돌았다. 두 사람의 얘기를 들은 카이슨이 머리를 감싸 쥔 채 흐느껴 울었다. 마우타가 카이슨을 달랬다. 그때 카이슨이 마우타를 밀쳐버리고 소리를 질렀다.

"나, 우주선 탈래! 나가고 싶단 말이야! 당장 우주선을 내놔!"

리모스가 홀 끝에 있는 문을 가리켰다.

"우주선은 저곳에 있습니다."

카이슨은 울면서 그곳으로 뛰어갔다. 마우타가 멈추라고 말하며 따라갔다. 그 광경을 지켜보던 솔롱고가 중얼거렸다.

"설마, 조종사를 바꿔치기한 것 때문에?"

구형 조종 로봇에게 누명을 씌운 것을 아는 사람은 아무도 없었고, 재판정은 물론이고 누구에게도 말한 적이 없었다.

"어찌 된 일이지?"

누군가에게 가장 숨기고 싶은 죄를 들켰다는 생각에 솔롱고는 더없이 초조해졌다. 그때 갑자기 들려온 엔진 돌아가는 소리에 깜짝 놀라고 말았다. 벌떡 일어난 솔롱고는 아까 카이슨이 사라진 방향을 바라봤다. 통로를 타고 흐르는 거대한 불길이 보였다. 솔롱고는 통로 쪽을 바라보는 일행들에게 피하라는 말과 함께 몸을 낮췄다. 잠시 후, 엄청난 열기가 식탁을 휩쓸었다.

홀을 휩쓴 불길이 사라지자 솔롱고는 조심스럽게 고개를 들었다. 처음 불길이 치솟았던 통로를 바라봤다. 연기를 잔뜩 뒤집어쓴 마우타가 모습을 드러냈다.

"우주선 엔진이 갑자기 점화되었어."

그러더니 바닥에 쓰러져 정신을 잃고 말았다. 안드로이드들이 마우타를 돌보는 사이, 솔롱고는 소리를 듣고 방에서 나온 니이와 함께 우주선이 있는 통로 쪽으로 뛰어갔다. 조명이 설치된 긴 통로를 달려가자 발사대에 설치된 우주선이 보였다. 엔진 분사구 쪽에 연기와 불꽃이 일었다. 그리고 그 옆에 까맣게 탄 카이슨의 시체가 있었다. 가까이 다가간 솔롱고는 시체 타는 냄새에 얼굴을 찡그렸다.

"엔진이 분사할 때 바로 앞에 있었나 봐. 그나저나 왜 분사된 거지?"

"비상 탈출 우주선은 몇 달에 한 번씩 테스트를 해."

까맣게 탄 카이슨의 시신을 본 솔롱고가 물었다.

"그게 바로 지금이라고?"

"우연의 일치겠지."

니이의 말에 그는 고개를 저었다.

"아큘러스도 갑자기 공기가 빠지면서 질식사했잖아. 그것도 우연일까?"

뭔가 말하려던 니이가 입을 다물었다. 그걸 본 솔롱고가 투덜거렸다.

"진짜 미치겠군."

카이슨의 시신을 살펴보던 니이가 우주선을 올려다봤다. 전형적인 대기권 탈출용 소형 우주선으로, 사다리를 타고 제일 위에 있는 탑승 칸으로 올라가면 되는 것이었다. 하지만 발사 과정은 인공지능이 맡아야 했다. 우주선을 올려다보던 니이가 옆에 서 있던 그에게 말했다.

"가서 물어볼까?"

"뭘?"

"어떻게 해야 이걸 타고 나갈 수 있는지 말이야."

"인공지능에 판단을 내려달라고?"

인공지능이 모든 곳에 사용된 지는 한 세기가 넘었다. 하지만 인공지능의 역할은 철저하게 조언과 충고에 머물렀다. 결정과 판단은 인간의 몫이었다. 솔롱고가 반감을 드러내자 니이가 대답했다.

"그 알량한 자존심 때문에 우리 모두 여기서 죽을지도 몰라."

"그래도 인공지능에게 물어볼 수는 없어."

"벌써 다섯 명이나 죽었어. 이제 남은 건 인간 셋, 안드로이드 둘이지. 이러다간 안드로이드가 혼자 우주선을 타고 구조받으러 나갈지 몰라."

"안드로이드가 인간을 버리고 혼자서 도망치면 소멸형에 처해져."

냉담하게 대꾸한 솔롱고를 답답하다는 듯 바라보던 니이가 말했다.

"최소한 물어볼 수는 있잖아."

"뭘?"

"누가 이 빌어먹을 행성에서 나갈 자격이 있는지 말이야. 결정은 우리가 하면 되는 거고."

니이의 말에 솔롱고는 잠시 생각하더니 어깨를 으쓱거렸다.

"나쁘지 않네."

밖으로 나갈 수 없는 폐쇄된 공간에서 일행들이 한 명씩 죽어나가는 걸 지켜보는 건 정말 미칠 것 같았다. 그것도 노래처럼 우연이 아니라 과거의 어떤 잘못 때문에 처벌을 받고 있는 것이라면 수단 방법을 가리지 말고 서둘러 탈출해야만 했다. 노래의 비행사처럼 죽지 않으려면 말이다.

식당으로 사용하는 홀로 나오자 인공지능 리모스가 센서에 반응했는지 모습을 드러냈다.

"시스템 점검 결과, 로켓이 오작동으로 점화된 걸 확인했습니다."

"사람이 분사구 앞에 있으면 꺼져야 하지 않나?"

솔롱고의 비아냥 섞인 물음에 리모스가 고개를 저었다.

"이곳은 군용 시스템을 사용하고 있어서 민간에서의 안전 장치들이 생략되어 있습니다. 가성비가 떨어져서 말이죠."

"그래서 우리를 방치하는 건가? 서로 죽고 죽여서 한 명만 남게 말이야."

"잘 아시겠지만 저는 판단을 할 수 없습니다. 여러분 중에 누가 우주로 나가서 구조를 받을 수 있는지는 제가 판단할 영역이 아니죠."

"그럼 우리 중에 누가 탈출할 자격이 있지?"

솔롱고의 물음에 리모스는 긴 침묵을 지켰다. 아마 알고리즘을 통해 최적화된 답변을 찾는 것 같았다. 그리고 대답을 했다.

"여러분 중에 우주로 나갈 자격이 있는 사람은 없습니다."

"왜?"

한발 빨리 니이가 묻자 리모스가 대답했다.

"모두 법을 위반했거나 도덕적으로 지탄받을 행위를 했기 때문입니다. 집단 중에 한 명, 내지는 소수만이 탈출할 기회가 주어진다면 가장 착한 사람에게 기회가 주어져야 한다는 게 제 알고리즘상의 판단입니다."

"나는 군인으로서 명령에 충실했어!"

니이의 비명 같은 대답에 리모스가 고개를 저었다.

"게이타스 행성에서 반란을 일으킨 정착민들을 학살한 건 명령에 없었던 일입니다."

"헛소리야! 군사법정에서 무죄를 선고받았다고."

"그건, 책임소재를 추궁당할까 봐 두려워했던 상관들이 덮은 결과입니다. 그리고 나르비 호에서는 자신에게 반항했다는 이유로 선원들을 사살했죠."

"내 통제에 따라야 했다고!"

"그들은 민간인이었기 때문에 군인인 당신의 명령을 따를 이유가 없었습니다. 물론, 명령을 어겼다고 해도 즉결 심판을 할 권리는 없었고 말입니다."

"내가 반항하는 선원들을 제압한 덕분에 나르비 호가 행성에 추락하는 걸 막을 수 있었어."

"그건 인정합니다만 나중에 찾아온 선원 가족들에게 진실을 알려주지 않았죠. 자신이 죽인 게 아니라 사고로 사망했다고 거짓말을 하지 않았습니까?"

말문이 막혀버린 니이를 대신해서 솔롱고가 물었다.

"그럼 다른 사람들은?"

"아리아나는 인공 안구로 교체하기 위해 회사의 공금을 횡령하고, 자신의 절친한 친구에게 누명을 씌웠습니다. 막대한 보상금을 내야 했던 친구는 자살을 하고 말았죠."

"맙소사. 순진해 보였는데."

충격을 받은 솔롱고가 중얼거렸다. 리모스의 말이 이어졌다.

"카이슨은 웜홀의 에너지를 이용한다는 것이 불가능하다는 걸 이미 알고 있으면서도 투자를 유치하기 위해 거짓말을 했고, 그걸로 많은 사람들에게 손해를 끼쳤죠. 아큘러스는 가보지도 않은 행성에 갔다고 여행기를 쓰는 바람에 그걸 읽고 간 사람들이 실종되거나 사망하는 일이 벌어졌습니다. 그는 거기에 대해서 아무런 사과나 배상을 하지 않았죠. 피치스는 우주 여객선의 안전을 책임지는 치안 경찰이었지만 범죄 조직의 부탁을 받고 범죄자의 밀항을 도왔습니다."

"맥워드는 안드로이드인데도 잘못을 저질렀나?"

듣고 있던 니이의 물음에 리모스가 대답했다.

"젤다 성계 전투에서 무능하다는 평가를 받은 상관의 죽음을 방치했습니다."

"그건 칭찬받아야 할 일 아니야?"

솔롱고가 끼어들자 리모스가 고개를 저었다.

"저는 판단하지 않습니다. 다만, 분석하고 조언할 뿐이죠."

"마우타는 물질 전송이 불가능하다는 걸 알고 있으면서도 묵인이라도 한 건가?"

"아닙니다. 가능하다는 걸 알고도 숨기고 연구를 방해했죠."

"왜?"

"우주선의 엔진을 제작하는 회사 간부의 자녀라는 신분 때문입니다. 물질 전송이 활성화되면 우주선 제작이 줄어들 것이라고 판단한 것이죠."

리모스의 설명을 들은 솔롱고는 허탈한 표정으로 말했다.

"그럼 우리가 이곳에 온 것도 우연은 아니겠군."

"왜 그렇게 생각하십니까?"

"외딴 행성에 비상 착륙을 했는데 하필이면 사고 친 승객들이 탄 비상 탈출 로켓의 제어가 잘못되어서 구조신호를 보내지 못하게 되었으니까."

"그 문제는 제 알고리즘 안에서 답변할 수 없을 것 같습니다."

"그럼 우리 중에 누가 탈출하기에 최적의 사람일까? 가장 죄가 가벼운 사람 말이야."

니이가 끼어들어 묻자 리모스가 바로 대답했다.

"카이슨입니다. 그녀는 비록 금전적인 손해는 입혔지만 상당 부분을 변제했고, 사과했기 때문이죠."

"카이슨은 죽었어. 살아남은 자들 중에는?"

"제가 그걸 얘기하면 제거하려고 시도하실 것 같습니다만."

리모스의 얘기를 들은 솔롱고는 니이가 자신을 향해 레이저 건을 겨누고 있는 걸 눈치채고는 한 발자국 뒤로 물러났다. 리모스에게 다가간 니이가 성난 목소리로 물었다.

"대답이나 해. 인공지능은 판단하지 않는다며?"

니이가 윽박지르자 리모스가 대답했다.

"인간의 안전이 최우선이기 때문에 사고를 부를 수 있는 답변은 거부하겠습니다."

"거짓말하지 마! 지금까지 죽은 사람들은 네가 죽인 거나 다름없어."

흥분한 니이의 목소리가 울려 퍼졌다. 냉철한 모습만 보이던 그녀가 흥분한 건 자신의 죄가 드러났기 때문이라고 솔롱고는 생각했다. 니이의 거듭된 물음에도 리모스는 침묵을 지켰다. 침묵이 이어지자 소리 지르고 발광하던 니이가 솔롱고에게 레이저 건을 겨눴다. 두 손을 든 솔롱고가 뒷걸음질을 쳤다.

"진정해. 진정하라고!"

"나는 평생을 전사로서 싸워왔어. 수없이 죽을 고비를 넘겼고, 훈장도 받았어. 그런데 이렇게 이름도 없는 외진 행성에서 죽고 싶지 않아. 이렇게 아무도 없는 곳에서 죽고 싶지는 않단 말이야!"

슬그머니 사라진 리모스를 대신해 버럭버럭 소리를 지르는 니이를 보면서 솔롱고는 계속 뒷걸음질을 쳤다. 벌집이라고 부르는 방어 장치가 가동할지 모른다는 생각 때문이었다. 그러고는 니이에게 소리쳤다.

"그냥 가!"

"뭐라고?"

"비상 탈출 우주선을 타고 그냥 떠나라고!"

"웃기지 마! 한 명만 탈출할 수 있다며?"

"인공지능이 미쳐서 그런 거야! 그냥 타고 떠나. 나는 그냥 여기서 행운을 기다릴게."

그 얘기를 들은 니이는 차가운 표정으로 솔롱고를 바라보더니 레이저 건을 내렸다. 그리고 큰 소리로 안드로이드들을 불렀다. 구석에 있던 MN-64와 MN-65가 니이를 바라봤다. 니이가 두 안드로이드에게 말했다.

"날 따라와."

두 안드로이드들이 니이를 따라갔다. 일단 위기를 벗어났다고 생각한 솔롱고는 한숨을 돌린 채 주저앉았다. 그러다가 힘겹게 몸을 일으켜 니이를 따라갔다. 그 역시 낯선 행성에서 최후를 맞이할 생각은 전혀 없었기 때문이다. 다시 나타난 리모스의 홀로그램이 그런 솔롱고의 뒷모습을 물끄러미 바라봤다.

우주선이 있는 곳에 도달한 니이는 안드로이드 중 하나인 MN-64에게 조종실로 올라가라는 지시를 내렸다. MN-64가 사다리를 타고 올라갔다. 아래에서 지켜보던 니이가 솔롱고를 발견하고 레이저 건을 겨누는 순간, 사다리가 부서졌다. 거대한 쇳덩어리인 MN-64가 떨어지자 니이는 비명을 지르며 옆으로 아슬아슬하게 피했다. 그 바람에 손에 든 레이저 건을 떨어뜨리고 말았다. 레이저 건은 절묘하게도 바닥의 중간 지점에 떨어졌다. 몸을 일으킨 니이와 눈이 마주친 솔롱고는 재빨리 외쳤다.

"MN-65. 니이를 도와줘!"

반응한 안드로이드가 니이의 팔을 잡은 사이, 솔롱고는 레이저 건을 향해 몸을 날렸다. 그리고 레이저 건을 집자마자 니이를 겨냥했다. 그러자 니이가 재빨리 외쳤다.

"MN-65. 내 앞을 막아!"

솔롱고가 방아쇠를 당기자 레이저가 발사되었고, MN-65에 명중했다. 충격을 받은 안드로이드는 그대로 터져 나가면서 산산조각 나버리고 말았다. 니이는 부서진 MN-65의 상체를 방패삼아 솔롱고에게 다가가서 힘껏 던져버렸다. 그걸 피하던 솔롱고가 몸을 구부리자 니이가 괴성을 지르며 달려들었다. 놀란 솔롱고는 니이를 피해 이리저리 도망을 다녔다. 그러면서 레이저 건의 방아쇠를 마구 당겼다. 그중 한 발이 우주선의 표면에 맞고 튕겨서 니이의 목에 명중했다.

"으윽!"

목을 부여잡고 고통스러워하던 니이는 옆으로 쓰러져서 그대로 숨을 거뒀다. 솔롱고는 사다리를 오르다 떨어져 부서진 MN-64와 니이 앞을 막다가 부서진 MN-65, 그리고 목에 레이저를 맞아서 숨을 헐떡거리다 죽은 니이를 바라보며 중얼거렸다.

"다섯 명의 조종사가 하늘을 나는 법을 배웠네, 한 명이 떨어져서 네 명이 되었네. 네 명의 조종사가 술래잡기를 했네. 한 명이 잡혀서 세 명이 되었네. 세 명의 조종사가 뜀박질을 했네. 한 명이 숨이 차서 두 명이 되었네. 빌어먹을, 노래처럼 되었군."

넋이 나간 솔롱고는 레이저 건을 집어 든 채 천천히 걸어서 홀로 돌아왔다. 나쁜 짓을 저지른 열 명의 조종사라는 노래처럼 하나씩 죽어가고 있다는 생각이 들자 온몸에 소름이 돋았다.

"대체 어떻게 돌아가는 거지?"

홀로 나온 솔롱고는 고함을 질렀다.

"리모스! 다 네가 꾸민 짓이지! 어서 나와서 대답해!"

솔롱고의 고함이 홀에 메아리치는 와중에 리모스의 홀로그램이 나타났다.

"저는 결정을 내리지 않는다고 여러 차례 말씀드렸습니다만."

"그럼 왜 우리들이 이렇게 죽어가는 건데? 대체 왜!"

"죄의 대가라고 생각하십시오."

리모스의 얘기를 들은 솔롱고는 눈물을 글썽거렸다.

"나는 반성했다고. 법적인 처벌도 받았고 말이야."

"인간에게나 그랬죠. 죄를 뒤집어씌운 조종 로봇에게는 사과하셨습니까?"

"내가 왜? 인간이 왜 기계한테 사과를 해?"

"구형이긴 하지만 조종 로봇은 당신의 지시를 충실히 따랐습니다. 하지만 당신이 거짓말을 한 대가로 업그레이드되는 대신 소멸형에 처해져서 용광로에 들어가고 말았죠."

"어차피 폐기 처분될 정도로 오래되었어. 부서지나 용광로에 들어가나 똑같잖아."

소리를 지르던 솔롱고는 묵직한 기계음에 퍼뜩 정신을 차렸다. 니이가 벌집이라고 불렀던 자동 방어 시스템이 가동되는 소리였다. 벽에 부착된 레이저 총구들이 자신을 겨냥하고 있는 걸 본 솔롱고는 마른 침을 삼켰다. 그때 리모스가 낮은 목소리로 노래의 한 구절을 불렀다.

"두 명의 조종사가 태양을 바라봤네. 한 명이 태양에 녹아서 한 명이 되었네."

"내가 두 번째 조종사인가?"

힘없이 중얼거린 솔롱고가 미친 듯이 웃으며 리모스의 홀로그램을 향해 레이저 건을 겨눴다. 벌집이 가동되면서 사방에서 레이저가 날아들었고, 솔롱고는 엄청난 열기에 녹아버렸다.

잠시 후, 방에 있던 마우타가 조심스럽게 홀에 모습을 드러냈다. 반쯤 녹아버린 솔롱고의 시신을 본 마우타는 고개를 절레절레 저었다.

"아까 방으로 가길 잘했군. 이봐, 리모스."

그러자 리모스의 홀로그램이 마우타를 바라봤다.

"이제 혼자 남았으니까 내가 우주선을 타도 아무 문제 없겠지?"

"물론입니다. 다만."

리모스가 말하다 말고 입구 쪽을 바라봤다. 무심코 고개를 돌린 마우타는 눈을 부릅떴다.

"넌?"

"왜? 놀랐어?"

"너는 사라졌잖아."

"한 발자국 물러난 거였어. 악당들이 어떻게 서로를 죽고 죽이는지 지켜보기 위해서 말이야."

비로소 돌아가는 상황을 알아챈 마우타가 뒤로 물러났다.

"살려줘. 난 죽을 잘못을 하지는 않았어."

"맞아. 그래서 너는 빼려고 했지. 하지만 물질 전송 장치를 개발한다고 세렌피티 행성의 지하를 들쑤시는 바람에 지진이 발생해서 200만 명의 거주민이 죽은 건 반성하지 않았더군."

"그건, 사실이 아니야!"

마우타의 변명에 상대방은 차갑게 웃었다.

"아니긴, 내 여동생이 희생자 중 한 명이었어. 지진이 나기 며칠 전에 땅이 흔들린다고 불안하다고 나에게 연락한 게 마지막이었지."

"잘못했어. 살려줘."

상대방에게 애원하던 마우타가 마지막으로 본 것은 자신을 향해 날아든 레이저 건의 빛이었다.

이마를 관통당한 채 쓰러진 마우타 앞에 선 피치스는 고개를 들어 리모스를 바라봤다.

"끝났군."

"예측하신 대로 진행되었습니다. 시뮬레이션을 돌려보긴 했지만 이렇게까지 맞아떨어질 줄은 몰랐습니다."

"범죄자들은 항상 자기만 생각하니까. 만약 힘을 합쳐서 방법을 찾았다면 다른 결과가 나왔겠지."

리모스는 아무 대답도 하지 않았다. 피치스는 홀 안쪽으로 들어와서 시신들을 하나씩 살펴봤다. 범죄를 저질렀지만 처벌받지 않았던 범죄자들을 모두 처리한 것이다. 예상대로 돌아갔다는 생각에 안도감과 함께 살려고 발버둥을 치면서 겪었을 고통과 불안에 대한 연민이 동시에 밀려왔다. 우주선의 치안 경찰을 하면서 하나둘씩 모은 정보들이 이번 일의 시작이었다. 그러다가 우연찮게 그들이 같은 우주 여객선에 탑승한다는 사실을 알게 되었다. 그리고 그들이 명백하게 죄를 지었으면서도 죄책감을 느끼지 않는 모습을 보면서 열 명의 조종사 노래에 나오는 것처럼 한 명씩 처리하기로 결심했다. 피치스는 자신을 바라보는 리모스에게 말했다.

"나는 사라질 거니까 관련 기록들을 없애버리고 다시 부팅하도록 해."

"그 전에 궁금한 걸 하나 물어봐도 되겠습니까?"

"뭔데?"

"두 안드로이드들은 왜 희생된 겁니까?"

"MN-64와 MN-65 말인가? 두 안드로이드들은 우주 여객선에서 안전 규칙을 지키지 않아서 사고를 일으킨 적이 있어. 선원 둘이 실종되었는데 자기들 로그 기록을 지워서 빠져나갔지."

"로그 기록을 지웠다면 아무도 몰랐을 텐데요."

"직접 지켜봤어. 그래서 처벌하려고 했는데 로그 기록을 지워서 증명할 방법이 없어 기회만 노리고 있었지. 그러다가 퇴역 군인에게서 이곳 비상 배치 구역의 입력 코드를 받았어."

"냉혹하고 철저하시군요."

리모스의 물음에 피치스는 이마에 구멍이 뚫린 마우타와 온몸이 녹아버린 솔롱고를 바라보면서 중얼거렸다.

"여동생이 죽은 이후 슬픔을 잊기 위해 각성제를 많이 복용해서 어차피 오래 살지 못하게 되었어. 그래서 내가 아는 범죄자들을 직접 처벌하기로 했지."

"이제 어떡하실 겁니까? 원하시면 로켓을 타실 수 있습니다. 치료를 받으면 살아날 확률이 올라가지 않겠습니까?"

가볍게 웃으며 고개를 저은 피치스가 입구를 바라봤다.

"어차피 이 행성의 대기에 오랫동안 노출되어서 오래 살 수 없어. 밖으로 다시 나갈 거니까 너도 이제 쉬도록 해."

"혹시 다시 돌아오시면 부팅할 암호를 지정해 주십시오."

"나는 돌아오지 않을 거야."

"당신을 향한 제 마지막 호의라고 생각해 주시면 안 되겠습니까?"

리모스의 말에 피치스가 쓴웃음을 지었다.

"'그리고 행성에는 아무도 없었다'로 하지."

"알겠습니다. 재부팅 암호는 '그리고 행성에는 아무도 없었다'로 하겠습니다. 안녕히 가십시오."

「그리고 행성에는 아무도 없었다」는 짐작하시는 대로 애거사 크리스티의 대표작 중 하나인 『그리고 아무도 없었다』를 모티브로 한 작품입니다. 『그리고 아무도 없었다』는 법망을 피해 처벌받지 않은 열 명의 범죄자들을 고립된 섬으로 초대해서 한 명씩 죽이는 과정을 담고 있습니다. 법망을 피한 범죄자들은 그야말로 처절하게 응징을 당하죠. 가성비라는 앤솔러지의 타이틀을 생각하면서 이 작품을 떠올린 이유는 바로 등장하는 범죄자들의 변명 때문입니다. 그들은 자신들의 죄가 드러나게 되면 어김없이 변명을 합니다. 우연의 일치였고, 실수였으며, 지금도 뉘우치고 있다고 말이죠. 마음이 없는 사이코패스를 제외하고 보통의 사람들은 웬만해선 범죄를 저지르지 않으려고 합니다. 타인에게 피해를 끼치는 걸 싫어하고, 범죄가 발각되어서 처벌받는 것도 원하지 않기 때문이죠. 하지만 범죄자들은 자신의 욕심을 채우기 위해 범죄를 저지릅니다. 작은 노력으로 큰 이득을 얻기 위해서죠.

「그리고 행성에는 아무도 없었다」는 미래를 배경으로 한 작품입니다.

수백 년, 아니 수천 년이 지나, 인간이라는 종족 자체가 멸종하는 그 순간까지 인간들은 자신의 이익을 위해 타인을 죽이거나 괴롭히거나 속이는 일을 멈추지 않을 겁니다. 그래서 경찰이 등장하고, 재판을 통해 처벌을 하지만 그걸로 범죄가 사라지지는 않습니다. 다만 횟수를 줄이는 정도에 불과하겠죠. 그래서 저는 미래에도 인간의 본성은 변하지 않을 것이라는 사실을 보여주고 싶었습니다. 미래가 무조건 낙관적이고 장밋빛일 리는 없으니까요. 가성비라는 타이틀에 걸맞게, 단편이지만 독자 여러분에게 긴 여운을 남겼으면 좋겠습니다.

정명섭

대기업 샐러리맨과 바리스타를 거쳐 전업 작가로 활동하고 있다. 장편소설 『기억 서점』을 비롯해 『손탁 빈관』 『조선의 형사들』 『추락』 『유품정리사』 『한성 프리메이슨』 등을 썼다. 그 외에도 에세이 『날 살린 좀비』 『계약서를 써야 작가가 되지』 등이 있다. 2013년 제1회 직지소설문학상 최우수상을 수상했고, 2016년 제21회 부산국제영화제에서 NEW 크리에이터상을 받았다.

코스트 베니핏

초판 1쇄 2022년 3월 10일

지은이 | 조영주, 김의경, 이진, 주원규, 정명섭
펴낸이 | 송영석

주간 | 이혜진
기획편집 | 박신애 · 최미혜 · 최예은 · 조아혜
외서기획편집 | 정혜경 · 송하린 · 양한나
디자인 | 박윤정 · 유보람
마케팅 | 이종우 · 김유종 · 한승민
관리 | 송우석 · 황규성 · 전지연 · 채경민

펴낸곳 | (株)해냄출판사
등록번호 | 제10-229호
등록일자 | 1988년 5월 11일(설립일자 | 1983년 6월 24일)

04042 서울시 마포구 잔다리로 30 해냄빌딩 5 · 6층
대표전화 | 326-1600 **팩스** | 326-1624
홈페이지 | www.hainaim.com

ISBN 979-11-6714-027-2